U0087304

「遠藤同學，現在可以占用你一點時間嗎？」
「我有事情想單獨對你說……」
川端滿臉通紅，很害羞地看著我。

「人的對話大半由謊言構成，
很難知道唯一的真相。」
「我想拜託你的是——
我希望，你可以和我一起找出
殺了小林美沙的兇手。」
遠藤正樹
擁有能直接看穿他人「謊言」的特異體質。最討厭說謊的行為。
川端小百合
不知為何從不說謊的少女，感覺和班上有點格格不入。

「但是啊，我想，小林同學肯定希望妳能往前看。
因為她最希望好朋友的妳可以幸福。
所以啊，妳別一直停在原地。」
佐倉成美
總是帶著開朗笑容的校園偶像，說的話卻充滿了謊言。

「不管妳是怎樣的騙子，怎麼欺騙班上同學，都與我無關
我只是想為了川端，找出小林死亡的真相而已。
只要妳把這件事說出來就夠了。」
「——不好意思，我絕對不會說。」

她的L

彼女のL～嘘つきたちの攻防戦～

～騙子們的攻防戰～

She tells
a lie.

Chie
Sanda

三田千惠——著　林于楟——譯

contents

序章／海邊

小學一年級時，第一次知道「Ocean View」這個名詞。

和親戚一起家族旅行時，堂姊沙耶加才一走進住宿飯店房間，立刻大喊：

「啊！是Ocean View耶！」

對當時的我來說，大四歲的沙耶加是無所不知的可靠大姊姊，更是憧憬的對象。我歪著頭重複：「歐動壁？」她很是得意地回我：「就是可以看到海的房間啦。」沙耶加拉著我的手跑到窗邊，看著粼光閃閃的水面低聲呢喃：「好漂亮喔。」

沙耶加看夠景觀，跑出房間去逛禮品店後，我仍獨自待在房間角落眺望海景，看見我這樣，父親開口：

「正樹喜歡海嗎？」

「喜歡！」

我用力點頭，父親很開心地微笑，從背後緊緊抱住我。

「爸爸啊，要調到別的地方工作了。我想要趁這個機會搬到海邊去住。」

當時，父親任職於區域派出所，我們住在附近的公寓裡，雖然方便，卻是個狹小壅塞的房間。我之後才知道，父親通過升級考試，那年終於分發到夢寐以求的刑事課了。

「獨棟房子寬敞，也有豐富大自然，正樹能有很多地方可以玩喔……那是媽媽喜歡的城市，我想，正樹一定也會喜歡。不想去嗎？」

沉默一段時間後，父親加了這句話，慢慢摸我的頭。

對我來說，在我懂事前過世，連面也沒看過的母親根本無所謂，但要和住同一棟公寓的朋友分離，讓我有點不捨。

但是，聽到父親語氣中的擔憂，我就沒辦法說不要。

「好啊，反正我很喜歡大海。」

我接著問：「可以陪我到海邊玩嗎？」父親相當開心地點點頭：

「這當然。可以游泳、釣魚，也可以玩海上運動喔，到海邊散步也很不錯呢。」

在滿臉笑容的父親身邊，我想像著即將到來的開心日子。

——那之後轉眼已過十年。

雙馬尾為正字標記的野丫頭沙耶加，現在都是個會讓人愣一下的濃妝女大生了，以前那個派出所年輕警察的父親，現在也成為白髮交雜的幹練刑警了。而我，是平凡的高二生。窗外可以看見海景也變得不希罕了，但偶爾還是會想「搬來這真是太好了」。

我現在還是喜歡大海。

第一章／川端小百合不會說謊

「正樹，早安。」

早上起床，走到客廳時，父親正在喝咖啡。

「早安。」

父親偷偷看我，彷彿催促我回應，我用自己也覺得冷淡的聲音回應後，父親看似滿意地點個頭，接著看向桌子。視線前方是沒人動過的咖啡杯，大概是我的份吧？

我在椅子上坐下歇一口氣，父親傾倒咖啡杯，迅速喝完咖啡，喃喃自語「那，我也差不多該上班了」後，匆忙站起身。

一眼、也沒看我。

「路上小心。」

一如往常冷淡說完，我也沒送他出門。

聽著大門關上的沉重聲音，我含了一口咖啡。膩到黏在喉嚨上的甜、微溫，這溫度對怕燙的我剛剛好。

壓住海風吹塌的頭髮，我慢慢在防波堤上前進。呆呆眺望右手邊廣闊的大海，閃閃發光的水面上，有小魚跳來跳去。

到離家最近的車站，要走上三十分鐘。

之所以不搭巴士，是因為我喜歡這種悠閒的氛圍。

「唰唰」震響身體的海濤聲，小型甲殼類沙沙走在消波塊上，單手抱著釣竿悠閒打哈欠的大叔。在微溼海風吹拂下走在海邊，無比舒適。

用力伸懶腰，大口深呼吸。接著抬頭看天空，蔚藍天空正中央，出現了方才還沒有的烏雲。

「咦？」

在我低語的同時，小水滴從天空落下。常聽人說春天後母心，但竟然在這種時候……口袋中的手機震動，我根本無暇在意。拿起書包當傘，全速往車站衝，但敗給加劇的雨勢，抵達車站時，我已經變成落湯雞了。

拿手帕粗暴擦拭身體，我忍不住嘆氣。車站內人潮眾多，喧囂聲不斷，不只身穿西裝的上班族，學生們也幾乎都拿著傘。不知是不是多心，少數幾隻落湯雞看起來都是糊塗蟲。肯定和我一樣，沒看天氣預報吧。

重新打起精神走進車內，在空位上坐下，等到「噗咻」這洩氣聲響起後，電車慢慢開動。

邊感受引誘睡意的「叩咚叩咚」不規則震動，我拿出口袋中的手機。點開畫面，待機畫面上，大大顯示著「父親」。

FROM　父親

正樹，早安。我今天也會晚回家。昨天吃了你和沙耶加一起做的甜點，非常好吃，你真是厲害。今天似乎會下雨，別忘記帶傘。帶雨衣或許也不錯，壁櫥裡有件新的，想用就拿去吧。那就這樣。

邊讀信，我忍不住苦笑。如果早上口頭告訴我，我現在就不會全身淋溼了。

在家裡頂多打招呼的父親，信中總是長篇大論。拿報告必要事項為藉口，將一些沒必要的話說個沒完。每天早上的長文郵件，是我們遠藤家，從我國二到現在，延續三年的壞習慣。

父親為什麼不直接和我說話呢？

答案很簡單。因為怕我。

正確來說，是害怕和我面對面說話。

——以及，害怕被我看穿謊言。

我，能看穿謊言。

從懂事起，就是這樣。

超能力？魔法？還是所謂的第六感？連我自己也不知道這個力量屬於哪一種。總之，我可以判別他人的謊言。

但是，僅只如此。

或許有人覺得這力量很方便，但那是天大誤會，因為我並不知道真相，只知道那句話並非真心話，而是謊言。僅僅知道真相以外無限多的謊言之一。

人的對話大半由謊言構成，很難知道唯一的真相。

「討厭！全溼透了。我的妝全掉光了啦。」

「由衣子這樣就很可愛了，完全沒問題啦。」

現在，在旁邊高聲驚呼的高中女生雙人組的對話，就全都是謊言。

首先，名為由衣子這個女生，她的妝幾乎沒有掉。本人也知道沒掉妝，所以應該是用防水類的化妝品吧。而旁邊那個褐髮女生，也完全不覺得由衣子可愛。

這沒什麼值得驚訝。謊言是不可或缺的人際關係潤滑劑，說謊的人幾乎都沒惡意。所以，即使我知道是謊言，也不會特別在意，更別說直接點出來。當成「就是這樣」聽過就算了才聰明。我很明白，真的很明白啦……

「明明就是小竹比較可愛。」

「才沒這回事，明明就是由衣子比較受歡迎啊。」

目送直到最後都互相撒謊，看似感情要好走下電車的高中女生雙人組離去後，我在心中暗罵。

——無聊。

根本沒有真心，只為了討好對方而說的話，到底有什麼意義啊？

「不可以說謊」，無論是誰，孩提時代肯定都受過這教誨。明明是這樣，又是從什麼時候開始可以接受謊言了呢？

認定「說謊是惡」的幼年期結束後，迎接不說表面話就沒辦法順利生活的少年期。用不誠心的台詞誇獎對手，拿口是心非的玩笑話炒熱氣氛，要是不這樣，就會被視為沒有社交性，而被集團排擠。接著長大成人後，就會告誡小孩「說謊不知羞，長大當小偷」、「狼來了的小孩會被狼吃掉」。然後用同一張嘴，輕易說出聖誕老人，或威脅孩子如果不乖，就會有惡鬼找上門。

這是多麼矛盾，多麼不講理的事情啊……

有惡意的謊言不用說，連敷衍了事撒的輕薄謊言，我都無比厭惡。

不管是怎樣的理由，隨意說謊的人都不能信任。

我邊輕輕嘆氣，按下「R」按鍵後，手機擅自預測我要回什麼內容。

我了解了。

選擇出現在最上方的文章後，按下傳送，把手機收回口袋。

如果父親不是寫郵件，而是直接向我提議「穿雨衣如何啊？」那我應該會笑著反駁「都高中生了，早不穿雨衣了啦」這樣吧。誇獎我「甜點很好吃喔」，我肯定會苦笑回答「我都已經高中生了，真希望沙耶加別再把我捲進她的興趣裡了」。

但是，父親不會對我說話，只是基於父親的義務，寄送冗長郵件給我。

雖然父親從事警察這拘謹的職業，他卻是個騙子。所以，才會疏離能敏銳看穿謊言的我吧。

而我也無比討厭這樣的自己。明明是個嘴上說著討厭謊言，看穿他人的謊言後就會抱怨的乖張傢伙，我自己卻也沒辦法不說謊。我超級討厭這樣的自己。連自己都不信任自己了，父親怎麼還可能信任我。想要疏遠我，也是理所當然。

「遠藤同學，早安。」

我站在離學校最近的榮町站屋簷下，茫然看著「唰唰」下個不停的大雨，開口喊我的是川端。

二年四班，和我同班的女同學。川端是我在班上最要好的女生，雪白的肌膚襯托長黑直髮，是個清純的美女。

我和川端搭同班電車上學，所以常在車站巧遇。雖然沒刻意互等，但一週會在人群中對上眼三、四次，然後一起從車站悠閒漫步到學校去。

「早安啊，川端。」

我如此回應後，川端睜大眼，直直盯著我看。

就算沒說出口，我也知道她在想什麼，我苦笑搔搔頭：「我忘了帶傘。」

帶著找藉口的語調小聲說完，川端淡淡揚脣笑著問我：

「一起撐嗎？」

「可以嗎？」

川端輕輕點頭，走出驗票口後，用力開傘。

「嗯，我的傘很大，兩個人一起撐沒問題。」

川端看著傘頂和我的頭，稍微拿高一點。

頭完全被傘覆蓋，我們的臉染上與雨傘相同的紅色。

「……我、來拿吧。」

有點客氣地問完後，川端稍微猶豫了一下才輕輕點頭，把傘交給我。接下女孩兒花色的傘，我有點猶豫，還是朝川端靠近一步。雖然對她是否不喜歡感到不安，但川端一點也不在意，小聲說了：「謝謝。」邊看著她沒有化妝卻捲翹的睫毛尖端，我慶幸著好險是把紅傘，可以不被人發現我臉紅了。

近到幾乎要碰到川端肩膀，我心神不寧也努力佯裝鎮定，比平常更加緩慢前進。

走出車站過馬路後，就是前往學校的緩坡道。

道路兩旁，四月初時盛開的櫻花，也幾乎全變成帶葉櫻花了。剛長出的嫩綠新葉，在雨中搖曳。

透過傘，看見大粒雨滴「啵、啵」打在傘上。舒適的震動透過傘骨傳到手心，我緊緊握住傘柄。

「遠藤同學，會累嗎？這把傘又大又重，撐傘都會撐到手麻呢。」

「我沒問題。」

川端的傘，確實比我平常使用的透明塑膠傘重上許多。單手拿著都快要可以練肌肉了，就在我像個老頭說著「嘿咻」，重新拿好傘時，雨滴落在川端肩頭。

「對不起！」

我慌慌張張地把傘往川端方向靠。

「你會弄溼啦。」

川端說著，又把傘推回來。

「我沒差啦，反正本來就溼透了。」

當我強硬把傘傾倒時，水滴輕輕落在川端的長睫毛上，圓圓的雨滴閃閃發亮，非常漂亮。

「……眼睛上有水，咦？」

川端大概搞不清楚狀況，僵著露出不可思議的表情。

「等等我。」

我立刻從口袋中掏出手帕，但手帕溼到讓人傻眼。

「……對不起。」

川端睜大眼的瞬間，睫毛上的水滴直接流進她眼睛裡。

「啊——」

川端發出失態的聲音，低下頭。揉揉眼睛後，突然停下手，肩膀接著輕輕顫抖。

「沒事吧？」

水滴跑進她眼睛裡了吧？如果我的手帕沒有溼，就能替她擦掉了。思考著這種事情時，川端用力抬頭。

帶著滿臉笑容。

臉頰染上淡淡櫻粉，眼眶薄薄泛淚。

「遠藤同學老是在重要時刻出糗呢。」

她呵呵笑著，毫不猶豫接過我的溼手帕，小聲說了「謝謝」。

「遠藤，幹得好耶。」

落座後，坐我前面的西原轉過身來看我。

他把正字標記的黑框眼鏡往上推，得意笑著。

「……什麼幹得好？」

就算不用說也大概猜得到，但我故意回問。

「川、端。」

聽到他故意一字一字拉長音的同時，換成有人從後面「砰」地拍上我的雙肩。我轉過頭往後看，只見和西原一樣一臉竊笑臉的下田站在那邊。

「看到了喔，甜甜蜜蜜共撐一把傘上學啊？話說回來，你也終於有女朋友了啊～～我、可是一點、也不羡慕喔。」

迅速說完後，放在我肩上的手直接纏住我的脖子，慢慢加重力道。

「投降、我投降！」

下田是田徑隊的運動員，專長是丟鉛球。要是被他每天重訓操練出來的結實二頭肌勒緊，可不是開玩笑啊。

……真的、很痛苦。

「而且，你們誤會了。」

我舉起雙手投降，輕易揮開硬邦邦的手臂。

「「誤會？」」

我瞥了一眼異口同聲、默契十足說出同一句話的兩個朋友，輕輕嘆氣：

「沒錯，是誤會。我和川端沒有什麼。」

邊嘆氣邊說完後，西原開始格格發笑。

「什麼啊，遠藤是膽小鬼嘛，才不會這麼快有進展咧。」

「囉嗦，我說過多少次，我和川端不是你們想的那樣。」

我轉向一旁如此回答，下田歪著頭問我：

「那你們為什麼共撐一把傘？」

「……我忘了帶傘，她讓我一起撐而已。」

「這樣啊，我還以為有戲唱了耶。」

西原雙手環胸，淡笑著「嗯嗯」點頭，下田也順勢搭便車，擺出相同姿勢。

「與其說有戲唱……我們就是普通的好朋友啊。」

立刻將男女友情胡亂往戀愛關係推測也太幼稚了，但對忍受著單調生活的高中生來說，就算是這種事也能成為絕佳話題。想像著身邊朋友的戀愛情事互視而笑的這兩人，反而屬於善良高中生。

「但是啊，你為什麼會覺得川端好啊？」

「川端又可愛，人也很棒啊。」

川端坐在教室最前排靠窗位置，我的位置是最後排靠走廊。我們兩人在教室中，坐在距離最遠的位置上。呆呆看著比班上任何人都遙遠的她，我深有感觸地低喃。

「也是啦，乍看之下很清純，臉蛋是很可愛啦……個性就有點……」

西原如此說完後，下田繼續說：

「該怎麼說呢，有點超脫常理吧。明明不多話，偶爾說出口的每句話，都狠狠刺中人心之類的感覺。」

「又沒關係。」

我不滿地回答後，兩人異口同聲說：

「前一陣子偶然在街上碰到，我問她：『穿便服的我如何啊？』她竟然回答說『有點拙』耶。」

「更別說我了，在體育課時盯著女生猛瞧後，她竟然說我『很噁心』耶。」

「西原是很拙，下田的確也很噁心，這也沒辦法吧？都是實話啊。」

我大大方方回答後，兩人再次異口同聲道：

「「過分！」」

他們兩個根本不懂，不知道川端到底有多好。

我對她有好感。

雖然和西原、下田所想的感情有點不同，但川端亮澤的長髮、大眼、直率的個性，我全部都很喜歡。

「總之，遠藤你加油吧，我也會努力追到佐倉的啦。」

下田咧嘴一笑，彎起他肌肉發達的手臂擺出勝利姿勢。

「你也有點自知之明好嗎！佐倉是大家的佐倉，班上……不，是全校的偶像，憑你怎麼可能追上啊。」

「誰知道啊！佐倉說不定喜歡我啊！我上次忘記講義的時候，她也借我影印啊……」

「佐倉對誰都很溫柔啦。」

我側眼看著兩人爭執，小聲說：

「……佐倉，啊。」

就在此時。

「早安！」

鈴聲般輕快的聲音響徹教室每個角落。

苗條身材搭配豔麗又甜美的臉蛋，散發光澤、鬆鬆軟軟的栗子色頭髮。像有血統證明書的貓咪，既惹人憐愛又高貴，無比可愛的女孩。

在班上散播笑容的她，正是西原口中的校園偶像，佐倉成美。

臉蛋和身材都是無可挑剔的滿分，聰明、品味也絕佳。

總是得體的滿臉笑容，對每個人都相當和善，開朗個性與溫柔言行創造出和睦氣氛。

「今天也好可愛啊。」

我側眼看著被迷得神魂顛倒而不禁嘆息的下田，恨恨低喃：

「川端比較能療癒我的身心啊。」

我也同意佐倉臉蛋可愛，但老實說，我不擅長與她相處。

「你這就是所謂的情人眼裡出西施啊。」

西原格格發笑，但和他說的毫無關係。

我明白川端不是社會上一般所稱的「療癒系」女孩，雖然很美，但她凜然、事不關己的表情給人冷淡的印象，不多話，也不常展露笑容。因為她有話直說，也有人說和她在一起就會緊張。

但我說川端能療癒我的身心，這無庸置疑是真心話。

川端不會說謊。

不只是故意的謊言，她連蒙混狀況的閃爍言詞、場面話、玩笑話也完全不說。不管是哪句話，都不存有絲毫違反她心思的東西。

對我來說，沒有比她更令人自在的人了。

對她的心情沒辦法用「戀愛」這種詞彙來表現。

她是我最想守護，無論如何希望她獲得幸福的人。

這就是我對她的感情。

我再一次看向川端，她似乎也在同一時間看我，我們四目相接。川端睜大眼後，露出淡笑，朝我輕輕揮手。

我動手回應她，西原看見這一幕，嘲弄我：

「真是的，故意曬恩愛。你快點去告白、快一點交往啦。」

「所——以——說，不是那樣，我也不會告白。」

「遠藤，我懂你，你那種更希望被告白的心情！」

「什麼？」

「喜歡的女生突然說『現在可以占用你一點時間嗎？』我冷淡回答後，她紅著一張臉說：『我有件事想單獨對你說。』接著，兩人在昏暗的教室中獨處。她小聲說一句『我喜歡你』之後，臉朝著我靠近，接著、接著……啊啊，真是的！這就是男人的夢想！浪漫幻想啊！」

「下田，你還好嗎？」

我嘆氣著說，此時，我壓根沒想到，下田說出口的話竟會成為現實。

＊　＊　＊

「遠藤同學，現在可以占用你一點時間嗎？」

上完上午的課，我和西原、下田正說著要到食堂去的時候，川端來找我說話。

「我有事情想單獨對你說……」

川端滿臉通紅，很害羞地看著我。

看著這樣的她，我們三人不禁面面相覷，川端看見我們的反應後，立刻露出不知所措的表情。

「你該不會有其他要事吧？如果是這樣就明天再說。」

川端客氣地接續說，彷彿要掩蓋她的聲音，我大聲說：

「不，完全沒問題！」

「……真的嗎？」

「嗯！真的。」

我用力點頭，川端露出鬆了一口氣的笑容。

「那我先走啦。」

我對西原、下田說一聲後，他們兩人同時咧嘴一笑，對我擺出勝利姿勢。

「那個，我們要去哪？」

「海洋生物研究社的社團教室。」

「海洋、生物？」

「嗯，簡稱海研。超弱小社團，所以我想你應該不知道。在社團教室大樓最裡面，平常都沒有人……所以，我都在那邊吃午餐。」

我跟著在走廊上筆直前進的川端後面走著，腦海中重播著下田早上說的那段話。

——兩人在昏暗的教室中獨處。她小聲說一句「我喜歡你」之後，臉朝著我靠近，接著、接著……

大概是天空覆蓋厚厚一層雲，明明是白天卻很昏暗。在社團教室大樓最裡邊的空教室裡獨處，川端到底想要說什麼呢？

該不會，真的要向我告白吧？

冷淡對待其他同班同學的川端，只會對我笑。她肯定對我有好感。

但那並非「戀愛心情」這類軟呼呼的東西，是更不同的感情。對家人或閨密的信賴，這個人絕對沒問題的安心感。雖然狂妄，我認為那是超越戀愛這類一吹就散的不安定感情，是更為絕對的感情。

但是，即使如此，要是她真的說喜歡我呢？

我邊壓抑「撲通撲通」跳不停的心跳，深深吐一口氣。

有好感的可愛女孩的告白。

就算到目前為止沒有戀愛感情，能回答「ＹＥＳ」以外的答案嗎？

「遠藤同學，我們到了。」

就在我悶頭思考之時，似乎抵達目的地了。

川端用力拉開拉門，「嘰嘰」刺耳聲在安靜的走廊迴響。踏進一步後，我有點訝異，那房間比我想像的還要小。房間裡的每個角落都堆著好幾個紙箱，與其說教室，應該更接近倉庫。但是，正中央完全空出來的空間中，有兩張面對面排放的桌子，以及全新的鐵腳椅，房間角落設有小小的流理台。舒適度不僅不錯，甚至可以說相當棒。

但是，這房間裡有個散發著極高存在感，讓其他事情變得完全無所謂的東西。

「……這是、什麼？」

令我忍不住跑上前去的，是放在木架上的大水箱。

應該是叫水族箱吧？粉紅色的軟軟珊瑚上，有幾隻小魚悠游著。大概因為燈光從上往下照射，輕飄飄浮上來的泡泡，每個都閃閃發亮，散發夢幻氛圍。

在滿是灰塵的房間裡，不，是在這拘束、飄散封閉感的學校中，彷彿只有這裡是不同世界。

「金擬花鱸。」

川端滿臉笑容，手輕輕碰上水族箱。

「好漂亮啊，色彩鮮豔，完全就是南國魚種的感覺。」

「這不只在國外，也棲息於日本喔。而且不是沖繩等地，而是山口、伊豆之類，在附近的海域也有的魚種。」

「是這樣啊？」

這麼漂亮的魚竟然就在附近的海域悠游著，太讓我驚訝了。

每天都會看海，卻沒有仔細觀察水中。雖然小時候曾和父親一起戴著水中眼鏡潛入海中，最近幾乎都只在附近眺望水面而已。

當我著迷看著水族箱時，突然發現炫目的橘色魚群中，只有一隻稍大的粉紅色的魚。

「欸，這隻是什麼魚啊？」

我一問，川端回答我：

「全部都是金擬花鱸。」

「但只有一隻，顏色和大小都不同耶。」

「因為那是雄魚。」

有這麼多隻雌魚，只有一隻雄魚。根本就是後宮啊！

你還真是幸福啊。

我偷偷在心裡對著搖擺著魚尾，悠游水中的牠如此說，川端像是這才想到，指著鐵腳椅：

「遠藤同學，不介意的話請坐這邊。啊，要喝咖啡嗎？雖然是即溶。」

她急忙走到流理台旁，熟練地開始煮水。不一會兒，有點年代的煮水壺開始輕輕震動，發出「噗咕噗咕」的聲音。

「啊，謝謝。」

我坐在鐵腳椅上，不自覺朝她點頭。雖然是即溶，但可以在學校裡喝熱咖啡，有點感動啊。

室內一下子充滿咖啡香氣。川端把杯子放在桌上，只加了牛奶後，拿湯匙轉呀轉地混合，小聲說：

「……然後，如果你不介意，也請用三明治。你平常都在福利社買麵包吃，對吧，其實我今天早上就想要邀你一起吃午餐……所以做了兩人份。」

川端試探地看我一眼後，從包包中拿出兩層大便當盒。

「哇！」

川端打開便當的瞬間，我忍不住驚呼。

上層是夾了火腿、蛋和鮪魚等各式材料的三明治，下層裝滿了薯條和小章魚熱狗。

還有另外一個保鮮盒裡，裝著切成一口大小的水果。

對總是小口小口吃著福利社麵包的我來說，這午餐豪華過頭了。

「……這沒什麼啦，我原本想說可愛的便當比較好，但你是男生，應該會吃很多，所以重量不重質。」

我對害羞笑著的川端搖搖頭：

「我很開心，謝謝妳。」

對沒有母親的我來說，從以前就憧憬著親手做的便當。

「姑且也是我早起努力做的便當，那請快一點吃吃看吧。」

在她的催促下，我拿起眼前的三明治，放入口中。

雖然是常見的火腿和萵苣三明治，但溫和口味與平常在福利社買的薄薄三明治完全不同。稍厚的柔軟麵包中，堆疊著好幾層清脆萵苣與多汁火腿，量多到光一個就夠滿足了。麵包內側塗滿了芥末籽醬，微辣口感創造出畫龍點睛的效果。

「超級好吃。」

我一笑，川端也彎嘴微笑。

「多吃一點喔。」

恭敬不如從命，我專注地吃三明治，隨意開口問：

「話說回來，我到現在才知道妳加入這種社團耶。」

或許應該說，我連這間學校裡有「海洋生物研究社」這種社團也不知道。

我念的深山高中的校訓提倡「學生多樣性」，所以對社團活動算寬容。只要弄出像樣的理由，就能簡單創立一個社團。雖然沒有成果就沒有經費，即使規模再小，也能獲得專用的社團教室，對學生來說是很開心的制度，結果就出現了許多不知所云的社團。

「只是朋友邀我，隨波逐流就加入了。」

我看著簡單帶過的川端，心裡想著「原來川端有朋友啊」這個超級不禮貌的感想。和川端同班將近一個月了，我從沒看見她和誰親密相處的場面。

「或許你不相信，但是，我有個朋友喔。」

「對不起。」

川端彷彿看穿我的想法辯解著，我慌慌張張道歉，但她毫不在意地笑了，加上一句：

「其實啊，我想和你說的話，就是那個朋友的事情。」

因為漂亮的熱帶魚和豪華的招待而忘了，話說回來，她今天邀我共進午餐的理由，就是「有事情想單獨和我說」啊。

「這樣啊。」

我像鬆了一口氣，又像失望地小聲回答。

看來川端不是想說那種浪漫的事情。我想著「要是被告白了該怎麼辦」，擅自心頭小鹿亂撞，跟個笨蛋一樣。

川端稍微猶豫後，緊緊盯著我：

「然後啊，我想，拜託你。」

「拜託？」

「嗯。」

川端表情認真地點頭，接著直接低下頭。

「都請我吃這麼好吃的午餐了，不管妳說什麼，我都拒絕不了啊。」

「我就是這樣想，打算賄賂你才做午餐來。」

我是打算緩和這凝重的氣氛，才有點半開玩笑地說著，但川端只是淡淡回答，一笑也不笑。

過一會兒，川端稍微抬起頭，從下往上看著我。

「我只能拜託你，真的、別拒絕我……可以嗎？」

不安下垂的眉尾，水潤大眼，抿成一線顫抖的唇。

我忍不住吞了吞口水。

一個可愛女孩在眼前如此拜託你，有誰能拒絕啊？

至少我辦不到。

「怎麼可能拒絕！話說回來，妳說只有我能拜託，這也太誇張了！」

要是她發現我不冷靜就太羞恥了，我用著明顯刻意的開朗聲音回應。

「真的喔。」川端認真說著，又自然接續：「因為，我最喜歡遠藤同學了。」說完後微微一笑。

「……欸？」

不小心脫口而出的啞聲，難以置信是我的聲音。

最喜歡我了？

她說出口的話當然不是謊言。

這究竟是告白嗎？抵達這裡前，我當然有點期待，但會像這樣隨隨便便說出口嗎？脫離下田口中的「男人幻想」，心中滿是「順帶一提的感受」，而且這個發展也未免太突然了吧。

我無法理解這個狀況，只能一臉呆傻地眨眼。川端不可思議地看著我，似乎想說「我說了什麼奇怪的事情嗎？」歪著頭探看我的臉。

「因為現在在學校裡，會關心我的人只有你一個啊。班上女生責備我的時候，班會時間只有我提出反對意見時，你都開口幫我。我剛剛說的朋友也是這樣。你們明明一點都不像，卻讓我把你們的形象重疊在一起……或許是這樣吧？我很相信你，真的覺得你是我很重要、很喜歡的朋友。」

聽著川端努力主張，我不禁全身無力。

是、這樣啊。肩膀之所以放鬆力量，是因為遺憾嗎？還是因為鬆了一口氣呢？我自己也不清楚。

嗯，總之，不管有怎樣的理由，最喜歡的川端對我有好感都讓我開心。

我「咳哼」清清喉嚨調整氣息之後，用著盡可能柔和的聲音回答：

「我也這樣認為，所以，我不會拒絕妳的拜託。」

「……謝謝你。」

川端彷彿感受著什麼慢慢說出這句話，之後，小小深呼吸。

沉默籠罩房間一段時間。

我打算慢慢等她堅定好自己的心情，拿起終於變溫的咖啡就口。這比我平常喝的咖啡還要苦，就在我喝淨最後一滴時，川端下定決心般開口：

「我的朋友，是小林美沙。」

聽到這句話，我不禁啞口無言。

……小林美沙，沒想到她和川端是朋友啊。

「我想拜託你的是，」

川端如此開頭後，慢慢說出下一句話。

「——我希望，你可以和我一起找出殺了小林美沙的兇手。」

*　*　*

瞠目結舌的我，倒映在川端的漆黑眼瞳裡。

明明有開燈，房間卻很昏暗，只有水族燈照耀下的水族箱莫名明亮、只有打在窗戶上的雨聲，在房間裡大聲響著。

「怎麼一回事？」

自己的聲音聽在耳中相當沙啞，總覺得有點丟臉。

「……小林美沙不是自殺嗎？我記得，聽說有找到遺書耶。」

小林美沙，是上個月自殺的同年級同學。

關於她的死，我知道的不多，也不少。

不是因為我和她很熟，單純因為這件事在校內很出名。

小林美沙生前並非特別顯眼的學生，我也完全不熟稔。她是隔壁班同學，雖然沒說過話，但有見過面，給人的印象「是個相當男性化的女生」。但這只是因為，她那頭女生極為罕見的短髮，以及不知為何，裙子底下總穿著運動褲的緣故，關於她的個性，我一概不知。

深山高中一個學年有四百人，是人數頗多的學校。應該幾乎所有學生都和小林不熟，我敢說比我和她的關係還淡薄，連她長怎樣都不知道的學生應該更多。

即使如此，同校同年級同學死亡這個事實，對過著單調生活的高中生來說，是個無比大事件。但那並非因為同情或悲傷，而是當成感興趣的八卦，不，應該說完全相反，幾乎是當成類似祭典的活動來看待。她的死，大家都應該說著「那是我們學校的學生耶」之類的話，對家人或他校朋友提過吧。

就這樣，小林美沙因為她的死而出了名。

她死於三月一日，早晨七點。

那是個無法想像是春天，冷颼颼的下雪早晨。

她過世的地點，是離學校和住家都有段距離，也是我居住的青濱町住宅區中的小巷，就在父親工作的青濱警察署附近。

搖搖晃晃走在路上的她，被汽車撞上。

聽說當場死亡。

據說她頭上噴出的血，染紅了身上雪白的羊角釦大衣。

包包中掉出的學生手冊就掉在附近，所以立刻就知道她是誰了。

當初還以為她是交通事故的受害者，但在事件發生後不久，才知道她是想自殺才衝出去的。

因為她寫給家人的信，寄到她家裡了。

——這件事，完全是依照我的意志行動。恨我也沒有關係，但是，請不要悲傷。

不知道是誰拿到手的，現在連她的遺書內容，也早已傳遍校園。

小林美沙是自殺。

應該是如此才對。

「美沙才不會自殺。」

川端淡淡說著。刻意屏除感情的面無表情，讓人覺得痛心。

關於小林美沙為什麼尋死，似乎沒人知道詳情。

她不是特別優秀的學生，也不是擅長與人相處的人。「會做些離奇事情，不知道在想什麼的學生」，這就是校內對她的評價。

從數度目擊她引起爭執的場面，應該有許多讓她想尋死的理由吧，學生們不負責任地說三道四。同學自殺，如果可以趁機加入這個大活動，就算有再多不應該，學生們都會當沒看見。

連不認識小林的人也擅自如此這般推測，同情、謾罵，彷彿無比了解般討論，或是在旁豎耳傾聽……謠言也就這樣越傳越廣。

或許，川端是無法忍受這種狀況吧？

「我和美沙是表姊妹，從小就一直生活在一起，她是我最喜歡、最要好的朋友。所以我知道，她不是那種會自殺的人。」

川端斬釘截鐵說完後，緊緊咬脣。

「……有人殺了美沙。」

她從喉嚨擠出聲音低喃後，直直看著我。

「遠藤同學，拜託你，請和我一起找出殺了美沙的兇手。」

我幾乎不認識小林美沙。

知道她過世，我不悲傷，也沒有任何感傷。

所以，我根本不可能認為，據說留下遺書的小林美沙的死是誰的錯……更別說是殺人了……

但是，川端如此深信。

不管真相為何，川端都認為小林美沙不是自殺。而我最清楚，她沒有說謊。

我最想守護，無論如何都希望她獲得幸福的人。

如同自己方才宣示過的，我不可能拒絕川端的請求。

「——好啦。」

我說完後，川端鬆了一口氣放鬆表情，小聲說：

「謝謝你。」

接著再度繃緊表情加上一句：

「其實，我心裡有底。」

「有底？」

我端正姿勢回問，川端也緊張地點點頭：

「我不知道是怎麼殺了美沙，但是，我知道有個人把美沙逼入絕境。」

也就是說，小林美沙遇到霸凌了嗎？

我曾聽說她不擅長與人交往，但還是第一次聽到，她遭受特定人物的霸凌。

「……那人是誰？」

我一問，川端小聲回答：

「佐倉成美。」

文武雙全的人氣王，開朗又可愛，是全校的偶像。

這樣的她，霸凌？

而且還是殺了小林美沙的兇手嗎？

川端低下頭，小聲低語：

「——佐倉成美，是個絕世騙子。」

＊　＊　＊

宣告午休結束的鐘聲在絕佳時機響起，我沒能聽完川端的詳細說明。我們約好放學後再繼續，然後便急急忙忙趕回教室。

「終於名正言順心意相通了啊，遠藤，太好了啊。」

「說給我們聽嘛，到底怎樣了啦？」

「完全不是，她只是有事情找我商量而已。」

好不容易躲過西原和下田一臉邪笑的追問，就座後，國文課立刻就開始了。班導木村老師朗誦出《羅生門》的一小段內容：「是的，拔死人的頭髮，或許是罪大惡極的壞事。可是，扔在這裡的死人，都是被這樣對待也並不為過的人。」明明是相當緊張的一幕，全被木村老師拖拖拉拉的語調糟蹋了。

好多同學在打瞌睡，在這之中，川端坐正姿勢，認真聽課。我呆呆看著她的背影，回想起她剛剛的聲音。

——佐倉成美。

川端的聲音些微顫抖。

說出這個名字，應該需要很大的勇氣吧？

因為對方是那個佐倉成美啊。

這間學校裡，幾乎沒有人討厭佐倉成美吧？

這真的是件了不起的事情，就算她再聰明、再漂亮、個性再溫柔，都不可能讓他人完全沒有負面感受。

人類是無法完全講理的動物。即使需要十足的理由才能喜歡一個人，但也會在明瞭對方完全沒過錯的情況下，開始厭惡一個人。特別是多愁善感的高中生，更是種自私的生物，他們瞧不起比自己差的人，嫉妒比自己優秀的人。

在這樣的高中生中，每個人都喜歡佐倉成美。

她之所以不被任何人討厭，是因為她壓倒性地優秀到，根本沒人想要拿自己和她做比較。除此之外，我認為佐倉自己的均衡協調感也是理由之一。

無論何時，佐倉都不會讓任何人看見真實的她。

她總是扮演對方喜歡的「佐倉成美」。

濃妝豔抹態度強勢的辣妹、認真穩重的圖書委員、愚蠢但很會運動的棒球隊王牌，學校是個只因為年齡相近，就不由分說將一群除年齡外全都不同的男女塞進來的地方。每個人會有不同的感覺也是理所當然，覺得舒適的環境各有不同。但是佐倉把虛偽的自己放入其中後，創造出令身邊每個人皆感舒適的空間。說玩笑話炒熱氣氛、試著丟出銳利的一句話、扮演丑角等等，方法很多，但她總是用精采的方法，來驅使自己的角色演出每一個場面。

校園偶像。

那是最適合佐倉的稱號。

偶像，是假象。

佐倉成美，從真正的意義上來看，完全沒有「像佐倉的地方」。

崇拜佐倉成美的每一個人，都只是把自己眼中理想的她，投射在她身上而已。

——佐倉成美，是個絕世騙子。

川端明確說出這句話。

但是，我早就知道這件事了。大概遠在川端發現前。

佐倉不管到哪，都是引人注目的學生，就算沒接觸也會看見她，也能聽見對話。我應該是從一年級的夏天開始，從她身上感覺到一股怪異吧？原因也逐漸明朗，我接著發現，她說出口的話幾乎全是謊言。

佐倉幾乎不說真話，只是在每一個場合中選出當下最適當的話來說，根本找不到她的真心。

所以，我不擅長與她相處。

「你對佐倉了解有多深？」

放學後，同一間社團教室裡，川端突然如此問我。

「多深……我對她不太了解耶。」

雖然這樣說，但我或許知道的比普通同班同學還更多。

身高一百六十公分，A型，生日應該是十二月。擅長英文，沒有不擅長的科目。運動全能，其中最擅長排球。

這不是我有興趣去蒐集來的資訊，而是就算不想聽也會聽到。

好朋友下田一天至少提到一次佐倉，就算他不說，我們班上也到處都是佐倉的粉絲。

「你知道佐倉是美術社的人嗎？」

「知道。」

川端提到的話題很有名，我當然也知道。佐倉另外還參加了話劇社，但那邊充其量是救火隊，偶爾才會露臉。聽說是她的美貌和品味受到青睞，是社團老師來拜託她加入的。

「她似乎相當會畫畫，我聽說她有得到什麼獎。」

容貌、腦袋、運動神經、受人愛戴，除此之外還有藝術細胞。老天到底是要給她多少東西才肯罷休啊？

「佐倉同學特別擅長幻想畫，獲獎作品都會展示在川廊一段時間，我想你應該也有看過。蝴蝶在海上翩翩飛舞的畫，你知道嗎？」

「欸？那是佐倉的畫啊？」

我對繪畫毫無興趣，只有那幅畫給我深刻印象。

之所以留下印象，大概因為題材是大海吧。

而且，那大概是我很熟悉的青濱町大海。

「那幅畫相當不可思議呢。蝴蝶翅膀細膩的模樣、粼光閃閃的水面相當美，沙灘上卻有海藻、垃圾，突然變得很現實。」

禮堂前的川廊上，總是展示著學藝性社團的各種作品。

有好幾隻手臂，不知所云的裝飾品、巨大木雕、寫在雪白和紙上的楷書、一整排昆蟲的照片。在這充滿個性的作品中，那幅畫更是引人矚目。

但我有點意外，沒想到那是佐倉畫的。

「就是啊，難得的一幅美麗幻想畫，別畫上垃圾就好了啊。其實是那個嗎？把美麗幻想與骯髒現實畫在一起之類的主題？我不懂畫，所以也不太清楚就是了。」

看著川端碎碎念，我露出苦笑。

「骯髒現實也太過分了吧。實際上，就算是再乾淨的海灘，也會有那些垃圾喔。退潮的時候，就會變得特別顯眼。」

「是嗎？我不知道耶。」

川端不太感興趣地說完後，清清喉嚨：

「先別說這個了，美沙也是美術社的人。」

「欸？是這樣啊？」

小林不是這個海洋生物研究社的成員嗎？

雖然沒有禁止學生參加多個社團，但會特地創立新社團的人，多是無法融入既有社團的人。而且美術社是人數眾多，也有實際成果的強大社團，社團活動也很多吧。先不論佐倉的這種特殊狀況，還有人可以同時加入養魚這種費神又費工事情的研究社嗎？

「嗯，美術社雖然是大社團，但社課方面挺自由的。雖然有規定一週四次，早上或傍晚要繪製作品，但不一定要在美術教室裡畫。也有人想看著實際景物來畫風景，對吧？所以美沙常常在這裡畫魚。」

川端一臉懷念地說著，視線移向牆上的一幅畫。

明信片大小的畫紙上，素描著金擬花鱸悠游的泳姿。雖然稱不上好，卻別有一股無可言喻的韻味。畫中清楚傳達出小林真的非常喜歡這種魚。

「話說回來，你看過四月中起，展示在川廊的佐倉同學的新作品嗎？」

川端再次嚴肅表情，看著我的眼睛說道。

「沒看過耶。」

沒參加社團的我，只有學校有活動時才會經過川廊。我最後一次經過川廊，應該是四月初，那是前往禮堂參加開學典禮的時候吧？

我搖頭後，川端小聲說「這樣啊」。

「那怎麼了嗎？」

我一問，川端表情恐怖地點頭：

「那幅畫上畫的是美沙，她傍晚時似乎被佐倉拉著跑，讓她當畫作模特兒。」

小林美沙是佐倉畫作的模特兒？我從沒聽說過這件事。

因為才剛展示不久，或許也很多人還沒看過，即使如此，學藝性社團的人應該常常經過那邊才對。如果話題人物小林是校園偶像佐倉畫筆下的人物，那麼早已變成話題也不奇怪啊。

「那是真的嗎？」

「嗯。」

川端點頭，稍微思考後說：

「讓你直接看比較快，現在就走吧。」

接著她便拉著我的手走了。

雨不知何時停歇，川廊滿溢著柔軟光線。

佐倉的畫掛在中央，在天窗灑入的橘色光線照射中，彷彿沐浴在聚光燈下。

看見這幅畫的瞬間，我頓失言語。就連不懂藝術的我也清楚明白，這幅畫很驚人。靜靜盯著畫看了一段時間後，才回想起當初的目的，我慌慌張張開口：

「……這個，真的是小林嗎？」

「對，沒有錯。」

那是海邊的畫。

大概，和之前的作品相同，都是我很熟悉的青濱町大海。

畫作標題為「夕陽與少女」。

寧靜的冬季海邊，以閃耀橘光的夕陽為背景，穿著制服的少女佇立其中。

她身上飄散出，帶著寂寞，但又有著什麼覺悟的果決，以及強烈的鬥志。彷彿要表現出這些，她全身散發著與夕陽相同的橘色薄霧。

「她是美沙。」

川端斬釘截鐵直說。

但是，畫中只有少女的背影，找不到任何線索可以斷言是特定人物。而且，畫中的少女，背上的長髮隨海風飄逸。怎樣都無法想像和留著女生少見的短髮，且推短到近耳處的小林是同一個人。

「妳為什麼這樣覺得？」

我問完，川端指著畫中一處。

海風吹拂下，制服一角捲起，稍微可見少女露出側腹。

「這邊，有傷對嗎？」

正如川端所說，上面有個傷疤。

那相當淡，如果沒人特別提起也不會發現，但確實畫在上面。

確認我點頭後，川端的手指移往旁邊繼續說：

「而且在旁邊有個黑痣。」

傷疤附近有兩個小黑點，這雖然也能解釋為黑痣，但也會覺得只是單純的髒汙。

「不管是傷疤還是黑痣，都和美沙一模一樣。」

川端自信滿滿說著，我委婉詢問：

「髮型之類的完全不同耶？」

不認識小林的我，根本不知道細微特徵。

而與我相同，幾乎都和小林不熟的所有學生，也不會認為這幅畫的模特兒是小林吧。

「這是幻想畫啊，女生的髮型想怎麼改都能改。」

川端恨恨地說完後，接著呢喃：

「……美沙，很在意這個疤。」

「呼」地用力吐一口氣，又繼續說：

「我不知道受傷的理由，那似乎是小時候受的傷。美沙很不喜歡讓人看到，連對家人沒兩樣的我都想遮住。她怎麼可能會讓只是社團同學的佐倉看……明明討厭這樣，卻被如此明顯地畫出來，她肯定很痛苦。」

川端痛苦地扭曲表情，極力主張。

不想讓人看到的自己竟被攤在陽光底下，就算無法因此就看出是誰，但也沒有比這更令人恐懼的事情了吧。她或許覺得很痛苦、很後悔，丟臉到甚至想要死了吧。

自殺的理由肯定很多，會說出這種話的，是一群根本不了解她的人。在這之中，有哪個人是真的想要知道真相，而貼近小林的心情嗎？有哪個人能知道這些嗎？

「——所以，我偷了這幅畫。」

一段沉默後，川端突然說出這句話。

我忍不住轉頭看她，她緊緊盯著畫看。

「我應該是在一年級的學期末，二月中旬左右知道這幅畫的存在。當時我去找應該在美術教室裡的美沙時，看到尚未完成的這幅畫。我馬上發現畫中的模特兒是美沙，我完全無法忍受。也直接對美沙說了，但她只是苦笑說『沒有關係』。那時美沙的表情讓我非常痛心。這是佐倉同學的作品，而且，還是連不懂美術的我都明白的佳作耶。肯定會被公開，大大方方展示在顯眼的地方。一想到那時美沙的心情，我心急如焚……然後，就把畫偷走了。」

突如其來的坦白，令我無法冷靜。

「但畫不就在這裡嗎？妳有還回去了吧？」

這幅畫，現在就在這裡，以佐倉作品的名義展示。

川端沒有說謊。她曾偷過畫是事實，但之後，應該也好好還回去了吧？

「我沒有還。」

川端無力說著。

「我偷了這幅畫，然後交給美沙。對她說，想丟掉、想藏起來，隨她高興。美沙雖然很驚訝，但什麼也沒說就把畫收下。」

「那這幅畫是？」

我不明就裡問。

「不知道。某天，美沙死了，發現時，這幅畫已經掛出來了。」

也就是說……

川端想說，佐倉為了拿回這幅畫，而殺了小林嗎？

她看著沉默的我輕輕點頭。

「我現在也覺得偷畫不對，但跑去問佐倉，她也只用『妳什麼意思？』蒙混我，所以，我什麼……真的什麼也不知道。」

川端小聲說完後，靜靜低下頭。我看著睫毛影子落在她被夕陽染成橘紅的臉上，努力想著該說什麼，就在此時。

「啪踏啪踏」的輕巧聲音，在水泥川廊上響起。

「——咦？」

那是鈴聲般清亮的聲音。

聽到這聲音，川端的表情緊繃。

「遠藤同學和川端同學！你們在這邊幹嘛啊？」

如此滿臉笑容說話的人，是話題的中心人物，佐倉成美。

「該不會是約會吧？真好、真好，好羨慕喔！你們兩個人在交往啊。」

佐倉的開朗聲音打破這嚴肅氣氛，她朝著我們走近。
「啊，你們別擔心！我嘴巴很緊，會好好保密的。」
看著驕傲挺胸比ＹＡ的佐倉，我奇妙地冷靜。
因為她一如往常，淘淘不絕說著毫無真心的話。
一般人根本不可能為了一幅畫殺人。
但是，如果是佐倉呢？
平常見到的佐倉只是假象。
我完全不知道真正的佐倉是怎樣的人。
也就是說，無法排除她將恐怖本性藏在內心的可能性……
「佐倉、同學。」
早我一步開口的人，是川端。
「偷走這幅畫的人是我，我把畫交給美沙，那麼……妳又是怎麼拿回畫的？妳和美沙之間，到底發生了什麼事？」
川端直言不諱。
川端剛剛說過，佐倉蒙混了她好幾次。從她激動的口氣中，可以感覺她下定決心「今天一定要問出來」。

「妳指什麼？」

彷彿想巧妙閃躲川端沉重的提問，佐倉嚇了一跳歪著頭。

「我的畫沒被偷走啊，我和小林同學之間也沒發生什麼事情。」

她若無其事說完後，又加上一句：

「當然，同為美術社成員，我們也會一起畫畫。但絕對沒有川端同學口中所說的什麼爭執。」

與緊緊咬唇後低下頭的川端相反，佐倉用可愛的笑容繼續說：

「小林同學和川端同學是好朋友對吧？她過世，而且還是那樣……我想妳真的很痛苦。我能理解妳會執著於她的死。」

佐倉說完後暫停一下，接著又像說教般繼續講：

「但是啊，我想，小林同學肯定希望妳能往前看。因為她最希望好朋友的妳可以幸福。所以啊，妳別一直停在原地。」

「——妳懂什麼？」

川端顫抖著聲音。

「明明不了解我和美沙……別隨便亂說！」

用顯露怒氣的聲音大喊後，川端轉身跑遠。

「川端！」

我跨出一步，正打算追上去時——就這樣停下腳步。

「……你、不追上去嗎？」

佐倉說出的話，一如往常全是謊言。

畫實際上被偷走了，佐倉也知道這件事。小林和佐倉之間有什麼深刻的關係，並非單純的社團朋友。

只不過，我在她的那段話中，發現了唯一的真話。

——但是啊，我想，小林同學肯定希望妳能往前看。因為她最希望好朋友的妳可以幸福。

她鼓勵川端的話，是她的真心話。

佐倉和小林的關係，深入到她有辦法推斷小林的心情，甚至代為發聲。至少，我知道了，佐倉說出口的話並非川端所說的「隨便亂說」。

佐倉知道什麼事，而且瞞著我們。

「佐倉。」

我喊住她後，她有點不好意思地回應：

「對不起喔，打擾你們約會。我想，因為好朋友才剛過世，川端同學應該無法冷靜……她似乎誤會了我什麼。」

佐倉垂下眉毛，露出很抱歉的表情。

那是一臉若無其事般地扯謊，一如往常的佐倉。

「妳可以說真話嗎？」

「你指什麼？你也在懷疑我嗎？」

看到她抬頭往上，一臉悲傷詢問，大部分傢伙都會連忙否定「才沒有這回事」吧，她的表情就是如此可愛。

但是，我看著她的眼睛，清清楚楚告訴她：

「——妳是個騙子。」

佐倉什麼也沒說，表情也沒變。

「……好過分啊。」

我看著露出困擾笑容的佐倉繼續說：

「我知道，很早以前就發現了。妳總是在說謊。說好聽一點是妳很為其他人著想，但要我說，妳就是個總是隱藏真心話，欺騙對方，無藥可救的騙子。」

我淘淘不絕迅速地說完後，佐倉嚇得睜大眼睛。

夕陽的柔和光線不知何時消失了，周遭完全暗了下來。

一陣沉默後，佐倉輕聲低喃：

「——喔～～」

她挑起單眉，接著再次露出笑容。

那不是平時的柔軟笑容，而是冷淡的嘲弄。

「遠藤同學，令人意外地聰明耶。」

從天真的開朗音色，變成內含深意的成熟聲音。

表情和音色完全變了個模樣的她，和平常的佐倉成美根本不是同一個人。

「與其說我聰明，不如說是大家太容易受騙。大家都太喜歡妳了，根本不想面對現實。」

「這表示，你討厭我嗎？」

「或許如此。」

我點頭後，佐倉彷彿被戳中痛處般表情僵硬。

……被我討厭，是這麼大的打擊嗎？

「那、個。」

我忍不住開口想圓場，佐倉突然揚聲大笑。

「我也最討厭遠藤同學了。」

「……這樣啊。」

沒差，反正無所謂。

「你以為我沒有發現，你總是用特別冷淡的眼神看我嗎？」

佐倉看著我的眼，笑得像個惡作劇的孩子。

「當我說謊時，你總是用明白一切的表情，遠遠看著我。就算當著你的面，說些場面話捧你，你也完全不開心。我還以為你不是那麼敏銳的人，但總覺得似乎被你看穿了。」

連只是占據教室角落，單純是同班同學的我的動向都能察覺，佐倉比我還要聰明。

「但是嚇了我一跳，我已經好幾年沒被人討厭了耶，而且還是男生。我還以為男生這種生物，只要我笑一笑就會喜歡上我了呢！」

她到底有多樂觀啊！

雖然很想這樣吐槽，但只要看見她如花朵般盛開的笑容，也能同意她的過度自信。佐倉確實很可愛，班上男生有大半都為她著迷也是事實。

我嘆了一口氣，用正經的語氣說：

「不管妳是怎樣的騙子，怎麼欺騙班上同學，都與我無關。我只是想幫川端找出小林死亡的真相而已。妳只要把這件事說清楚就行了。」

沒錯，我根本沒打算要和佐倉這種生物扯上關係。

我比誰都清楚，人是種會說謊的生物。

佐倉只是這種傾向比其他人強烈而已，我沒打算對此說三道四。

我只是希望那唯一的例外，希望川端能得到幸福，僅此而已。

「你就那麼喜歡川端同學嗎？」

「是啊，所以，拜託妳了。」

佐倉似乎誤會了，但這種事情無所謂。

我低頭後，佐倉對著我露出滿臉笑容，如此說：

「——不好意思，我絕對不會說。」

第二章／父親的謊言

回家路上，我坐在防波堤上，看著大海發呆。

飄浮在空中的月亮，倒映在黑色水面上搖曳著，好像一顆平底鍋上破掉的荷包蛋啊，我之所以這麼想，大概是因為肚子餓了吧。一想完後，肚子就叫了，我立刻把超商買來的肉包往嘴裡塞。

佐倉筆下的海洋，肯定就是這個青濱町的大海。

再怎麼說，這裡都是離學校最近的海灘，消波塊的大小、沙灘的感覺，都和眼前這片大海一模一樣。

佐倉也呆呆望著這片大海嗎？

那時，她會有什麼表情呢？我完全無從想像。

滿臉笑容地拒絕我的請求後，佐倉滿不在乎地說：「我原本想靜靜欣賞自己的畫耶，都沒興致了。」接著看著我，相當故意地嘆氣說：「啊～～真是的！肚子餓了啦。」從包包裡拿出牛肉條，大口大口吃起來。接著直接說一句「再見」就離開。

現在想起來，我也不是不能理解佐倉直言「絕對不說」的心情。雖然我完全不知道佐倉想隱瞞什麼，但佐倉和小林之間的關係，似乎超越川端的想像。根本沒打算對川端說的那件事，怎麼可能輕易告訴毫無關係的我呢？

更何況，我從沒想過關於小林的事。

聽到她死的時候，我的情緒毫無變化。最先想到的是「小林是誰啊？」，接著，腦海浮現記憶中模糊的她，淡淡想著「那傢伙死了啊？」。那與聽見「期中考是什麼時候啊？」「下午會下雨」這類日常生活資訊後，開始胡思亂想的感覺沒有兩樣，連和其他同學一樣，當成八卦看待的騷動心情也沒有。簡單說就是，與我無關。人遲早會死，只是這次死的是隔壁班的女同學而已。

知道是自殺後的心情依舊沒有改變，既沒哀嘆她很可憐，也沒去想說她為什麼要尋死。

這樣的傢伙若開口說「想知道真相」，大概也沒人想對他說吧？

「……到底該怎麼辦才好呢？」

我邊把手往上伸到極限，邊喃喃自語。

川端拜託我的時候，我雖然傻眼也稍微有點期待。因為我想著，至今只帶給我困擾的這個力量，或許可以發揮什麼作用。

結果，還是一點辦法也沒有。

就算我知道佐倉說謊，也沒辦法找出真相。

說到底，我的能力不過是如此而已。

「……媽媽。」

聽著「沙沙」作響的海濤聲，我忍不住低語。

我的母親沉睡在這片大海中。

不是比喻，而是事實。母親的骨灰，撒在她出生的故鄉、和父親之間回憶之地的這個青濱町的大海裡。所以我只要看著這片大海，就會想起記憶中不存在的母親。

「如果是媽媽，會怎麼做？」

現在已成故人的母親，是我唯一能商量這股力量的對象。除了父親之外，我沒對任何人說過這件事情。而且……這個力量原本就是從母親身上繼承而來。

我第一次看穿謊言——那之前也曾不知不覺中知道是謊言就是了——總之，認知自己能看穿謊言，是在念幼稚園前，四歲的生日。

「小正，生日快樂。」

我還記得在自家客廳裡，祖母為我戴上用金色厚紙板做成的廉價圓錐帽，祝我生日快樂。戴著銀色帽子的父親坐在旁邊，住鄉下的祖母擔心只有我和父親兩人會很寂寞，特地來替我慶生。

「裡面有好東西唷。」

祖母滿臉笑容，打開桌上白色盒子的蓋子。

盒子裡有個跟我的臉差不多大的大蛋糕，上面插著四根蠟燭。用鮮奶油和草莓裝飾的蛋糕中央，有個用扁桃仁膏捏製、表情滑稽站在大球上擺姿勢的小丑，旁邊還裝飾著一塊寫著「小正生日快樂」的橢圓形巧克力片。蛋糕側面也用鮮奶油和草莓果醬畫出小丑，是個精心製作的蛋糕。

年幼的模糊記憶，之所以清楚記得是四歲生日，全因為鮮明記住這個蛋糕的存在。為什麼記得那麼清楚，理由相當明顯。

「好恐怖喔——！」

我對蛋糕上裝飾的人偶，與畫在側面的小丑感到無比恐懼。看見畫在慘白臉上的紅色十字架，以及紫色嘴唇彎出來的笑容，讓我害怕得直想逃。當時的我非常害怕小丑，某知名連鎖店的人物廣告播放時，我都會大哭大叫。所以看見蛋糕的瞬間，我也崩潰大哭。雖然喜歡蛋糕，但我更討厭小丑。

原以為我會開心的祖母，看見我哭出來，立刻尷尬、慌張、不知所措地笑著說：

「那我們把這個收起來吧。還有其他蛋糕喔，你……等等喔。」

雖然人偶拿掉就好，但畫在側面的小丑沒辦法輕易弄掉，我想，祖母大概是想到附近的蛋糕店再買一個吧。

雖然只要讓小孩忍耐一下，讓他吃下去就沒事了，但祖母當時就相當疼我，大概覺得起碼在生日這天要盡情寵我吧，對此真是感激不盡啊。

「才沒那種東西，明明就只有這個！」

「真的啦，真的有小正不會害怕的啦。」

「才沒有——只有這個恐怖的。」

我根本聽不進祖母的安撫，開始大吵大鬧。現在回想起來，真的、真的很對不起祖母，我又哭又吵又鬧，沒多久就睡著了。

晚上醒來時，家人用小一號的巧克力蛋糕為我慶祝，還送我禮物。我記不得詳情，但我想大家應該是為我盛大慶祝，然後度過一個開心的生日了吧。

在祖母鬆了一口氣回家後，總是笑容迎人的父親一臉正經地問我：

「正樹，你能看清謊言嗎？」

我不懂父親在說什麼，呆呆張口看他，父親又再一次問我：

「你知道奶奶沒有說真話嗎？」

我理解父親的問題後，又想起那個恐怖的小丑蛋糕，用力點頭：

「我知道奶奶在說謊喔。」

為什麼會知道，此時根本沒想過這件事。

因為對我來說，「知道是不是真的」是再尋常不過的事。

但是，此時是我第一次有了這樣的認知。

我可以看穿謊言，可以分辨話中的真偽。

這打從一開始就是個再煩人也不過的能力。

回想起祖母不知所措的表情，我現在還會心痛。想狠狠斥責胡亂耍任性的年幼自己。

要是我沒這種能力，就不會讓祖母有那種表情了。

因為力量而後悔的經驗不只有這一次，倒不如說，隨著年齡增長，討厭的回憶也越來越多。

小學時，和我很要好的澤田上足球課時笑著對我說：「遠藤啊，你把球傳過來就好了啊，我每次都覺得，你真的很遜耶。」當我發現這是他的真心話時，我非常失落；中學時，好不容易開始交往的初戀女友由衣，在聖誕節約會前夕，她告訴我：「我們家要一起慶祝聖誕，我不是要和其他男生去約會喔。」當明白她拒絕我的理由是謊言時，我哭了。

只要不知道，就能維持幸福。但是，能分辨話中真偽的我，既沒辦法當玩笑話笑過就忘，也沒辦法強迫自己相信。

「別擔心，正樹的媽媽也是一樣。只不過，因為別人都不知道，所以不可以對任何人說喔，打勾勾。」

認同我的能力後，父親蹲下身，直直看著我的眼睛。微笑執起我的手，勾住我的小指用力擺盪，開心唱起勾手指的童謠。

父親應該很明白吧。就算是派不上用場的小能力，被他人知道也會很麻煩。正因為父親似乎知道母親的能力，所以才會有自己的想法吧。

我直至今日，也努力遵守父親的忠告。

四歲的我雖然年幼，也滿腔熱血地要守好和最愛父親之間的約定。更重要的是，我也沒有想過要對其他人提起。

「媽媽也是一樣。」父親說這句話時表情無比溫柔，但我卻一點也不在乎。這是我和父親的約定，重要的僅有這一點。

對當時的我來說，父親就是全部。只要父親理解我，只要我能遵守與父親的約定，這就夠了。那天的我，還不知道在不遠的將來，連我最愛的父親也會開始迴避我。

* * *

隔天醒來時，父親已經出門了，桌上的手機震動了一下取代早安。畫面發光，出現「父親」的文字。我邊側眼看著，換穿制服、喝掉咖啡。自己泡的咖啡太燙，根本沒有辦法馬上喝。得出門的時間逼近，我只好加冰塊，一口喝掉變稀的咖啡。

FROM 父親

正樹，你昨天似乎沒有穿雨衣啊。今天是晴天，但雨天時雨衣很方便喔，請務必用看看。這麼說來，再過幾天就是媽媽的忌日了。當天也會請人開船載我們出海。我想著「希望天氣能放晴」查了一下天氣預報後，降雨機率是0％呢。那就這樣。

了解了。

在電車叩咚叩咚的搖晃中，完成了今天的必做功課。按下傳送鍵，把手機收到書包的瞬間，手機又再次震動。

……是父親的回信嗎？

我慌慌張張拿出手機確認，竟然是川端傳訊給我。

FROM　川端小百合

遠藤同學，你在第幾號車？我可以去找你嗎？

昨天晚上我傳訊給她，但她沒回信。我雖然有點後悔，應該要追上她而非逼問佐倉，但事情都過去了也無法挽回。我想到學校後再慢慢談，因為這樣，我還準備了伴手禮。

當然。我坐在三號車最前面的位置上。

回信後一陣子，川端從後面列車走了過來。

「川端，早安啊。」

我打招呼後，她不自在地微笑，在我身邊坐下。

「早安。」

川端小聲說完後，窺視著我的臉。

「……昨天很對不起，我太激動了，你肯定嚇一跳吧？」她後面又小聲加了一句「而且我回家悶頭就睡，也沒回信」後，就尷尬地轉過頭去。

「沒有關係，我才要道歉，之後我稍微纏了一下……但什麼也沒問出來。」

「你替我和佐倉說話了啊？」

「嗯，我姑且向她宣戰了。」

「宣戰？」

「對，我說『妳的謊言我全都看穿了！』這樣。」

我模仿孩提時流行的名偵探口吻說出這句話，但川端連笑也不笑，不僅如此，還驚訝地睜大眼。

「……怎麼了嗎？」

我是不是說了什麼不該說的啊？

我這樣一問，川端靦腆地笑了笑，輕輕搖頭。

「我沒想到你會為我做到這種地步。」

「這是當然啊，我都說要幫妳了。」

還準備了豪華三明治來拜託我的人，不就是川端嗎？

我不解地歪頭後，川端有點疑惑地問：

「那可是佐倉同學耶？一般人才不會說出和那個佐倉同學為敵的話。」

我知道川端想說什麼，

「那妳為什麼來拜託我呢？」

如果這樣想，「拜託」我這件事情本身就很奇怪吧。

「大概是類似咒語的東西吧。」

川端曖昧一笑後，才慢慢問我：

「遠藤同學，為什麼願意和我當好朋友呢？」

「欸？」

這突如其來的問題，讓我不知所措。

「……那是，該怎麼說呢，氛圍？覺得我們應該會很合得來吧……而且朋友這東西，又不是非要有理由才能變朋友，是不知不覺就變朋友了。」

看著我語無倫次地說明，川端粲然一笑。

「大家都覺得我很難相處，我自己也知道。所以，到現在我都只有美沙一個朋友。但是，那樣也沒關係。只要有一個無論什麼事情都能互相理解的好朋友，這就夠幸福了……但是，美沙死了，我變成孤單一人……然後啊，正好在這個時候，你出現了。我唯一的一個朋友，變成了你。如果你也願意幫我，就算對手是那個佐倉同學，感覺我也可以變得強壯——所以，我其實並不希望你幫我做什麼，應該說，就算你不直接做什麼，只要在我身邊，這樣就夠了。」

也就是說，她其實不期待我會有什麼具體行動。

我在川端心中，似乎是個超級膽小鬼啊。

「……因為佐倉同學是好人啊。」

這句有所體認的話，是川端的真心話。

昨天，她明明說佐倉是個「絕世大騙子」啊？這到底是怎麼一回事？

「在美沙的事情發生前，我也很喜歡她。你也是一樣吧？所以我沒想到你會對她說出那種話，嚇了我一跳。」

我對佐倉又沒有……

就在我想否定的瞬間，「榮町～～榮町～～」拉長音的廣播在車內響起。看見車門打開，川端立刻站起身，說著「走吧」就拉著我走。話題完全走偏了，我還沒問出川端對佐倉有什麼想法時，就抵達學校了。

「那個，今天要不要也一起吃飯？」

進教室前，我鼓起勇氣如此問，川端對我嫣然微笑：

「我今天也想要邀你，那我們就在昨天的海研社團教室會合吧？」

「你們還是一樣恩恩愛愛耶～～」

「說沒交往是騙人的吧？」

一在位置坐下，西原和下田用著和昨天相同的態度來調侃我，我也習慣地打著太極。接著，佐倉走進教室，下田又一臉陶醉表情稱讚她。無止盡說著些無聊的話，一逕等著第一堂上課時間來臨。

一如往常的日常生活。

西原、下田和我從一年級起就是同班同學，現在是不需有所顧慮的好朋友。

配合度高又愛笑的人，和只愛運動的得意忘形者。他們偶爾也會撒謊，但我不討厭他們兩個。兩人都是個性好的人，和其他傢伙相較，他們兩人的謊言太好懂了。

雖然是我自己的理論，但從會撒怎樣的謊，就能看出一個人的本性。想透過謊言膨脹自己的人，就是自尊心很高的人；反之，想讓他人小看自己的人，是很客氣，或是過頭到自卑的人；為了搞笑而撒謊的人，就是得意忘形的人；找藉口時會撒謊，就是膽小鬼。這是長年以來，聽過無數謊言的我所歸納出來的性格判斷法。

我之所以不擅長與佐倉相處，除了她說謊的頻率過高之外，還有一個原因是，我根本找不出一個她要說謊的理由。我知道她是透過謊言來扮演她的這個角色，但她應該沒有從中得到好處才對。我完全不知道佐倉撒謊的理由，所以，我也完全不知道她到底是個怎樣的人。

「這是為昨天道歉，今天也是三明治，我沒什麼新把戲。」

午餐時，川端這麼說著拿出便當，我向她道謝，把帶來的東西放在桌上。

「這是昨天和今天的謝禮。」

「你做的嗎？」

「嗯，算是，陪我親戚姊姊做的。」

堂姊沙耶加的興趣是做甜點，她用自己現在住的套房裡的廚房太小為由，常常跑來我家做甜點。這件事本身是無所謂，對愛吃甜食的我來說反而很開心，但她不知為何，每次總要我陪她。而且，華麗的裝飾都她自己做，把敲碎巧克力這類無聊的步驟，以及要靠力氣的打發蛋白全叫我做。說她家比我家還遠肯定只是藉口，實際上是想把麻煩的步驟全丟給我。沙耶加念大學至今兩年，我的手藝也進步到，多數甜點可以不看食譜就能直接做出來了。

她來我家時還會順便幫忙打掃、洗衣，這幫了我大忙，除了做得特別棒的那幾個之外，也會把甜點留給我……嗯，我也沒有特別不滿啦。

而且，這次做的馬芬多到我和父親兩個人根本吃不完。雖然把多的食物當謝禮有點不好意思，但總比放到變壞好多了。我這樣想著，早上就把馬芬放進保鮮盒裡。

「哇，謝謝你，我喜歡馬芬。」

川端開心笑著，馬芬吃得比自己的便當還快。

「啊，我去泡咖啡。」

她邊咀嚼口中食物邊站起身。

我對川端說一聲後，打開便當，排在桌上。有三明治、薯條、熱狗、還有當甜點的水果，以及大量馬芬。總覺得好像野餐。

我朝旁邊一看，水族箱中，色彩鮮豔的金擬花鱸悠然游著。雖然是和昨天相同的優雅光景，或許是我多想，感覺唯一一隻雄魚似乎沒什麼精神，沒事吧？

「遠藤同學，請用。」

端著杯子回來的川端如此說，我轉過頭面對桌子坐好。

「謝謝。」

道謝後，輕輕湊上杯緣。

還很燙呢，我邊安撫辣燙的舌頭，邊丟進兩個方糖，問出今天早上來不及問的問題：

「妳是喜歡佐倉哪裡啊？」

川端已經發現佐倉是騙子了。即使如此，還說佐倉是好人，在小林出事前也對她有好感，這點讓我不懂。

川端為什麼不說謊，我不知道其中理由，但單純思考，她不說謊，是因為討厭謊言吧？

「溫柔的地方……吧？」

川端用彷彿在說「為什麼要這樣問啊？」的詫異表情回答我。

「溫柔是指佐倉嗎？」

「嗯。」

「但她是騙子耶？」

「嗯～～這個嘛，也包含這點在內……吧？」

川端曖昧說完後，像是翻出過往記憶般，慢慢開口：

「佐倉同學在迎新的時候曾開口袒護我。」

「迎新？一年級時的那個嗎？」

「嗯。」

一年級剛開學的四月，為了讓大家早點熟悉學校，一年級全體會舉辦名為新生歡迎會的活動。歡迎會只是空有其名，不是其他年級的學生來歡迎一年級，而是一年級以班級為單位，準備什麼節目讓彼此觀賞。而且最後的人氣投票得到前幾名的，就能得到超乎想像的好獎品，所以學生也很有幹勁，班級團結力也能有飛躍性成長。

順帶一提，我在的一年三班用流行的偶像歌曲來跳舞，但完全不受歡迎，得到一個無可救藥的結果。

「那時我是八班，是第一名。」

成功獲得優勝的八班的節目，是改編流行電影的原創戲劇，品質和我們班的東西根本不能比。

「另外，佐倉同學是二班，和我們班差三分。」

至此，我終於想起迎新會上發生的那個糾紛。

直到最後都沒有公布到底是誰在哪個環節出錯，但總票數不足二十張票。因為第一名的八班和第二名的二班只差三票，根據失蹤的票數，名次當然可能因而改變，也因此引發爭執。

我記得獎品應該是第一名燒烤吃到飽，第二名是西式餐廳的餐點吧。對男生來說，當然是烤肉比較好，但女生就比較喜歡西式餐廳。還有，第三名是瓶裝飲料和零食組，之間的落差一目了然，但第三名的六班票數差太多，所以也沒抗議。

「我啊，是我們班上負責收票的人。」

川端露出困擾的笑容。

「我們班上的人，不能投自己班對吧？所以二班的人就開始說我把票藏起來。」

迎新會上，有個得投票給其他班級的規定。如果失蹤的是八班的票，那二班逆轉的可能性極大。

「二班不是唱音樂劇嗎？負責統帥的田上同學，據說是在獨立音樂出過唱片的歌手。她似乎相當有幹勁，怒吼著『我們才是最棒的，因為有我出來唱啊』。然後還問我『我是不是唱得比你們班的小山還要好？』……那時，我很老實地說『我覺得小山同學唱得比較好』。」

川端為難地笑了。

雖然我是第一次聽到田上在獨立音樂中的事情，但我也覺得，合唱團王牌的小山聲音確實更美。

名次離得獎無比遙遠的我，那時應該是在和西原他們聊天吧。事到如今，我才感到有點不好意思。

「那時啊，佐倉同學說著『是義大利麵真是太好了』。」

「欸？」

「雖然不是對著田上同學說，但她在班上同學全部僵住的時候，大聲笑說：『我不喜歡吃肉，是義大利麵真是太好了。』」

川端露出笑容。

「佐倉同學這樣說完後，其他人也笑著說『真是太好了呢』，然後大家談論著要吃什麼，越講越開心，連原本抱怨想吃烤肉的男生也加入佐倉同學的話題中，非常熱烈。我覺得應該是佐倉同學對田村同學他們說了的關係。」

田村是很受男女生歡迎、相當醒目的男同學，連沒有同班過的我也知道他。

「田上同學側眼看著，說了句『算了』後，就不知道跑哪去了。」

但那是否真的是在袒護川端呢？

「我想她肯定是幫了我，因為我們互看了一下。」

佐倉很會察言觀色。

我能想像她將緊張氣氛轉變得和樂融融的樣子，但我無法斷定，她是不是袒護了連朋友也不是的川端。

「她可能真的討厭肉，或許也可能是謊言，即使如此，還是很感謝她。」

不知道佐倉的行動是不是真的為川端著想。

但是，佐倉不愛吃肉是謊言。

因為昨天，她就在我面前吃著牛肉條啊。

「從那之後，我就覺得佐倉同學是個很好的人。聽到美沙和她很要好，甚至還有一點嫉妒呢——雖然美沙死後，我開始懷疑她，即使如此，我心裡還是會認為她不會做這種事情。要討厭她，真的很難。」

看著川端苦澀笑著，我突然想起昨天佐倉說的話。

——已經好幾年沒被人討厭了耶。

聽到這句話時，我傻眼想著她到底有多樂觀啊？但實際上，幾乎沒有人討厭佐倉吧。再怎麼說，連我以為是例外的川端也是這樣啊。

「……交給我吧。」

之所以這樣說，是因為我認為川端辦不到。

結果，川端還是沒辦法完全懷疑佐倉。佐倉相當難纏。如果沒抱著要揭發一切的決心挑戰她，只會被她玩弄於掌心之間。而且，我已經不想再看見昨天那樣悲傷的川端了。

「我，完全不喜歡佐倉。」

就算佐倉真的袒護了川端，那也只是佐倉多到數不完的謊言之一。佐倉是個謎樣人物這點仍舊沒變，我對她的印象也沒有改變。

「所以，我想要揭穿佐倉的謊言。」

和小林沒有瓜葛的我，佐倉應該不可能告訴我真相吧？

那麼，就算強硬，只要能揭穿就好了。

我無論如何都想要幫川端的忙。

我希望能看見她的笑容。

「我會想辦法攻克佐倉的，請告訴我關於小林的事情。因為我完全不認識她。」

川端一臉不可思議地看著我後，終於輕輕點頭：

「我知道了，謝謝你。」

接著，她稍微思考後繼續說：

「我覺得我很難從佐倉同學的口中問出什麼，總之，我就做好我能做的事情。我把我知道的美沙全部告訴你。」

＊＊＊

雖然在川端面前逞強了，但要怎樣才能從佐倉口中問出真相呢？

即使沒有答案，但不去見佐倉就無法開始。

我腦海浮現的是自己的力量。

我腦中只有「得想辦法運用這微小，且至今沒派上任何用場的力量」的想法。要凌駕於那個佐倉之上，就只能使用她不知道的這個力量。

我邊想著這種事情，邊抱著玉石俱焚的決心朝美術教室走去，但佐倉不在那裡。

「成美放學後總是不知道跑去哪裡喔。她的外套就放在這邊，我想應該是在校內寫生啦，但不知道她人在哪。」

同班女生，和佐倉很要好的越前，看著走投無路的我聳聳肩膀：

「……遠藤同學，我先說了，應該是沒希望啦。因為成美不和任何人交往啊。」

越前垂下眉角同情地說著，她大概是誤會了。

算了，放學後找女生出來的理由，大抵都是那件事吧，但她擅自胡亂推測，身為被同情的一方，我真是無法忍受。

「在學校裡找一圈，應該可以在哪找到吧？她應該是一個人……被她嚴正拒絕後應該也能神清氣爽點吧？加油喔！」

越前甚至還拍拍我的肩頭鼓勵我。

被誤會到這種地步，說明起來也麻煩，我苦笑道謝後，慢吞吞地邁出腳步。

「真的是，佐倉到底在哪啦？」

教室、圖書館、中庭、操場，我繞了學校一圈，完全找不到佐倉。如果要寫生，應該在景觀不錯的地方才對，難道我想錯了嗎？像隻無頭蒼蠅般踏破學校每個角落，還是沒找到她。

剩下還沒去找的地方是……

「大概就是，舊體育館了吧。」

學校東側邊邊，有一棟即將要拆除的舊體育館。

因為不知何時會倒塌，周邊被劃為禁止進入區域，但也只是拉了條封鎖線，所以想進去也是可以進去。建築物老舊，旁邊也雜草叢生很髒亂，幾乎沒有人想要靠近，但也只剩下那邊了。

「去看看吧。」

開始找佐倉到現在，已經過了一個小時。雖然她也可能回美術教室了，但都找成這樣，不找到最後就是不甘心。

我走過川廊，走過社團教室大樓，一路朝教師專用停車場後方走。

舊體育館——雖說是廢墟，但正確的說法是老舊的木造建築，這周遭在春日照耀下，隨興生長的雜草覆蓋，根本無法想像這樣雜亂的空間會在校園內出現。

乍看之下完全沒有人影的那個地方，定睛一看，可發現一個少女被野草埋沒般蹲在那邊。她整個人縮在體育館旁邊的水溝裡，雖然裡面水早乾了，但她為什麼要坐在這個堆滿枯草，有點髒亂的地方呢？

「……佐、倉？」

我一喊，少女的身體震得往後仰，驚訝朝我看。

「遠藤、同學？」

佐倉睜圓她的大眼，接著不斷眨眼。和在教室裡的開朗表情、昨天看見的豔麗表情都不同，是張孩童般的表情。

溫暖的春日陽光照射下，佐倉淺色頭髮閃閃發亮。她完全不在意沾在背上的鬼針草和裙襬的髒汙，只是如珍寶般把畫紙和鉛筆抱在懷中。

嚇了一跳的佐倉，和不小心看她看得入迷的我，兩人對看了一段時間後，同時感到尷尬，用力別過頭。

「有什麼事？」

一段沉默後，佐倉吐出這句話。

那不滿的表情似乎是她在慌忙中做出來的，總讓人覺得好笑。

「我想繼續昨天的話題。」

我說完後，佐倉刻意大聲嘆氣，用力瞪我：

「昨天就說完了。我不是說了嗎？我絕對不會說的。」

「就算我威脅妳，要把妳的真面目告訴大家，這樣也不說是嗎？」

我壓低音調後，佐倉好笑地笑了：

「遠藤是笨蛋嗎？你覺得有人會相信你嗎？」

高壓的口氣，突然直呼對方姓氏。佐倉似乎已經不打算在我面前扮演校園偶像了。我沒有因此感到不悅，反而鬆了一口氣。因為我不喜歡她在教室裡露出的完美笑容。

「而且說起來，你真的知道我的真面目嗎？」

她驕傲自滿地加上這一句。真是丟臉，我早早就想舉白旗了。

這句話再正確也不過。

就算我和佐倉撕破臉，也沒人願意站在我這邊。最多就只有川端，還有西原和下田而已吧？不，下田那傢伙或許會支持佐倉？

「……那，妳告訴我小林的事情吧。」

我一說完，佐倉的態度一變，露出困擾的表情：

「小林美沙的事情？」

「嗯。」

今天中午，川端對我說了小林的事情。

川端和小林是表姊妹，從小就一起長大，是她唯一的好朋友。川端因為家庭因素寄住在小林家，不管在家裡還是在學校，都和小林黏在一起。川端說著「我知道小林美沙的所有事情」，對我說了許多事。

川端不擅與人交往，且頻繁與人起衝突，小林總會來幫她。中學時，誤會川端喜歡自己的男同學糾纏她的時候，小林甚至激憤到差點打對方而引起大騷動。她們兩人都對彼此以外的事情毫無興趣，總是兩個人一起度過……所以上高中後，小林加入美術社，和佐倉親近起來時，川端也稍微覺得有一點寂寞。

但是，聽完川端的話之後，我還是抓不到對小林的具體印象。她口中的小林，就是只有優點的超級英雄，一點也不真實。完全沒有現實中的高中女生「思春期、有煩惱，也有負面感情」的感覺。

如果想知道小林死亡的真相，就得理解她才行。

如果佐倉不肯說出真相，更該如此。

而且……不管什麼事都好。只要直接從佐倉口中聽到什麼，我或許就能透過她的謊言找出真相。不想想辦法打破這個沒有著落的僵局，連線索也找不到。

「這是賄賂。」

我在佐倉身邊較乾淨的石磚牆上坐下，把保鮮盒放在她手邊。這馬芬雖然是拿來給川端吃的，但卻是滿滿的奶油、光一個就能讓肚子獲得飽足，也沒辦法一口氣吃太多，所以剩了一大堆。雖然我不認為這能讓佐倉的態度軟化，但至少可以成為她開口的契機吧。

「賄賂？」

佐倉皺著眉頭，不情不願地打開保鮮盒蓋子，目不轉睛盯著馬芬看後，慢慢拿起一個，大口咬下，

「好好吃……」

她小聲說完後，慢慢抬頭。

「非常、好吃！」

這次看著我的眼睛，大聲明確說完後，問我：

「該不會是親手做的吧？你不吃嗎？」

嘴巴沾著一圈糖粉露出滿臉笑容的佐倉，感覺年幼到不可思議。

「嗯，不吃。我已經吃很多了，全部給妳。」

我說完後，佐倉開心點頭，一轉眼就把馬芬全吃光了。

真虧她這麼纖細的身體能吃那麼多啊……話說回來，我記得佐倉食量應該很小吧？

是在什麼時候呢？下田噁心地扭曲身體，這樣說著：「佐倉的便當盒，超小一個啊。超級女生的感覺。真的好可愛喔。」佐倉看著追溯記憶的我，爽朗笑了。

「我食量其實超大的。」

佐倉邊說邊打開包包，給我看裡面。真的可以這樣目不轉睛看著女生的包包嗎？我稍微猶豫後，忐忑不安地往裡面看。

「……還真誇張。」

包包裡塞滿大量糧食。甜麵包、零食、牛肉條，還有超商飯糰。連起司鱈魚、義大利香腸這類和高中女生一點也不搭的下酒菜都有。

「因為不想打壞大家的想像，所以我吃飯時間都很節制。然後肚子餓的時候，再偷吃。馬芬很好吃，謝謝你——作為回禮，我就告訴你一點吧。」

佐倉像個惡作劇孩子笑了之後，直直看著我的眼睛：

「你知道小林美沙的遺書吧？結果，寫在上面的就是全部的事情。她肯定很滿意這個結局。川端同學或許是為了小林美沙而奮起吧，但如果真的為她著想，就應該靜靜追悼她才對。」

她如忠告般慢慢說著。

「川端說自己比任何人都了解小林，說她不認為小林會自殺。」

「川端同學根本不懂小林美沙。不懂到連自己不懂也沒有察覺。」

佐倉無話可說般說完後，嘆了一口氣。

「那妳為什麼會知道這種事呢？」

我問完後，佐倉自嘲地笑：

「小林美沙啊，和我同類，都是騙子。但和我不同的是……小林美沙的謊言，全都是為了川端同學。我是為了自己撒謊，而小林美沙是為了川端同學撒謊。」

斬釘截鐵說完後，佐倉降低聲調：

「我話先說在前面，小林美沙最喜歡川端同學這件事是真的。喜歡到為了川端同學，她什麼事都願意做。如果你真為川端同學著想，就別再追究比較好——好，到此結束。」

佐倉接著完全閉口，再次把素描本放在腿上，拿起鉛筆畫畫。

佐倉說的是真心話，她應該不會再說更多了吧？

我們沉默了一段時間，靜靜聽著鉛筆與紙張摩擦的「沙沙」聲，春風吹動附近帶葉櫻花的聲音，以及不知從哪傳來的小喇叭高昂的聲音。

「——妳、在畫什麼？」

我問這問題沒什麼特別意圖，只是單純好奇。

佐倉的畫，我只看過以大海為主題的那兩張而已，但兩張畫都深深吸引我。所以我想要看看她畫的新作品。

「……那個女生。」

佐倉視線沒離開紙張，指著前方可見的校舍屋頂。

我順著她指尖看去，有一個少女在屋頂吹小喇叭。大概是管樂社的成員在練習吧。剛剛聽見的聲音，就是她的演奏。

「這樣啊，我可以看妳的素描嗎？」

我確認佐倉點頭後，探頭看她的素描。

上面畫著的，是眼前那個女生岔開雙腿站著的光景。但她並非站在屋頂上，而是站在綠葉因太陽光閃爍光芒的櫻花樹枝上。

萬里晴空中一道捲雲畫過，爽朗的春日天空，映襯萊姆綠的帶葉櫻花的美麗舞台上，一位少女一心不亂地吹響音樂。是充滿希望的美麗畫作。

「……好厲害啊。」

我忍不住低喃，佐倉驕傲地回：「對吧～～」

她那張得意的表情太好笑，我忍不住笑出來。

在教室裡的她，不是謙虛笑著說：「才沒那回事。」就是很害羞說著：「謝謝。」現在這張充滿自信的笑容，是佐倉的真面目嗎？

「幹嘛啦？」

大概是察覺我的思緒吧，佐倉露出尷尬表情，我問她：

「我一開始就想了，妳為什麼要縮在這種地方啊？」

不管是有點髒的溝渠，還是掉在她頭上的葉子，都與佐倉成美不搭。我看見倒還沒事，如果被其他人看見，可能會讓她的形象崩壞吧。

「因為不這樣就看不見啊。」

佐倉粗魯又乾脆地說著，再次指著屋頂上的少女。

啊，是這樣啊。

我忍不住贊同，把視線降到與佐倉相同高度。

接著，佐倉畫紙上的風景原汁原味呈現在我面前。

從較低的位置看，因為遠近關係，正巧可以看見吹小喇叭的少女站在樹枝上。

因為有她繪製幻想畫的印象，還以為她是在腦海中想像，但佐倉這次只是單純描繪看見的景色。

「喂，妳明天放學後也會在這裡畫畫嗎？」

我一問，她毫不客氣地冷淡回應我：「是啊。」

「……我、明天也可以來嗎？」

試著詢問後，她沒回答。但是，就算她說「NO」，我還是得來見她。雖然佐倉說別追究才是為了川端好，但我已經和川端約好了，不可以在事情尚未明朗時，就放棄這個約定。

就在我慢吞吞地站起身的瞬間，佐倉小聲說：「──欸。」

「什麼？」

我一回問，她看著我咧嘴一笑：

「看你的賄賂品吧。要是你帶了滿滿美味糧食來給我，我可以考慮一下。」

雖然她像在開玩笑，但我很清楚。

這是佐倉的真心話。

＊＊＊

接下來幾天，我中午和川端、傍晚和佐倉聊天。

和兩個不同類型的可愛女生獨處，旁人看來應該是無比羨慕吧。嗯，確實也不是不開心。和川端在一起很能放鬆，和佐倉共處的時間，也不是真的很差。佐倉似乎打定主意不用對我客氣，因為她對我不像平常那樣滿口謊言。

但是，不管我問了多少，都抓不到小林死亡的真相。

佐倉雖然沒告訴我決定性的事情，但還是說了一些與小林有關的事。給畫畫不算好的她很多建議；也曾一起到海邊去畫魚的素描；小林送給川端的禮物，那幅她畫的川端肖像畫，其實很多地方都是佐倉抓刀的。

每件事都傳達出川端和小林的感情真的相當好，我開始覺得，佐倉殺了小林的推測應該只是川端誤會。「小林美沙，總是朝著目的直線前進。不在乎其他事情、不瞻前顧後、很拚命。她可愛就在這邊。」佐倉充滿愛情地如此談論小林，和川端口中的酷酷小林，根本不是同一個人。

我把從佐倉口中聽到的告訴川端，也說了我的想法，川端只是點點頭說「這樣啊」，沒有如先前面對佐倉時激動。另外她也不再急著想早點知道真相了。

此外，小林美沙的死本身，也逐漸在校園中失去話題性。大概是她的死已經有了「自殺」這個結論，也沒其他新的消息了吧。

春天活動很多，忙碌的日常生活中，小林美沙完全變成過去的人了。

所以，我還以為這悠閒的時光還會持續一段時間。

就在某天，放完連假的五月週二，發生了一件對我來說不小的事件。

那天，深山高中二年四班的教室裡，聚集了幾組家長。這天是學校訂定的教學參觀日，家長可以來參觀第五堂數學課的教學狀況。雖然是教學參觀，但我們都高中生了，和小學、中學時不同，參加的家長不多。

所以即使再過幾分鐘就要上課了，教室裡還是只有幾位家長。其中，有個特別醒目的女性和佐倉親密地說話，下田開心地說：

「那應該是佐倉的媽媽吧？超級大美人耶！」

正如下田所說，佐倉母親完美駕馭高雅深藍連身洋裝，彷彿從電視裡走出來的完美美人，根本無法想像她是有高中生女兒的母親。佐倉的美貌就是遺傳自母親吧。

但是我在意的是，佐倉即使在母親面前也與平時無異。是在班上時的、平常常見的、學校裡的佐倉。

這裡是教室，班上同學也在看。要說當然的話，或許也是理所當然，但在家人面前扮演虛假的自己，不會被覺得奇怪嗎？還是說，家人也知道女兒在學校裡有虛假形象嗎？

「佐倉也會變成那樣的大人啊。」

「你到底是怎樣看待佐倉的啊？」

西原格格笑著吐槽一臉陶醉的下田後，朝著我問：

「啊，那個，是遠藤你爸嗎？」

我朝後面用力轉頭……頓失言語。

「一模一樣耶。」

「真的耶，遠藤會變成那樣的大人啊。」

儘管我沒有回應，西原和下田都早已確信那個男人就是我的父親了。這也是當然，因為我和父親一模一樣。不管是臉蛋、身材，還是聲音，全都百分百遺傳。

西原看看我的父親，又看看我的臉之後，開朗說著：「啊，你好。」看著沉默不語的我，不可思議地說：「欸？什麼啦？」

穿著深藍西裝的中年男子，站在一群穿得比平常稍微隆重一點的婆婆媽媽中，無法融入其中，無聊呆站著。要是有誰的母親搭話，就會陪笑打招呼。

父親明顯相當醒目。他為什麼會在這裡啊？我到最後一刻才把通知單給他，應該很難請假才對啊，今天早上也一如往常冷淡打招呼而已，根本沒說這件事。

我用力嘆氣後，趴在桌上，下田纏人地問我：「你不用去和他講話嗎？」

我沒對朋友說自己與父親的關係，因為不知道該怎麼說才好。

也不能用一句「感情不好」來表現，確實並非關係良好，但至少在表面上，還維持家人的樣子。父親也做好身為父親的職責，而我也做好身為兒子的職責。父親的領域和我的領域間有清楚界線，絕對不會越界。我們共享的場所，只有家裡。應該是這樣才對啊……

「為什麼會來啊？」

父親應該迴避和我面對面才對。明明連在家裡都沒好好對話了，怎麼會來這裡啊。

就在我抱頭自言自語時，

「哎呀，應該還是想要看吧。我媽也說等一下會來，實在有夠難為情啊。」

下田放棄般說出這句話時，上課鐘聲響了。

「那麼，第一題，朝倉來解解看吧。」

教數學的野口老師大概是貼心吧，點了每一個家長有來的學生解題。就連配合學生程度選擇難易度這點，也能看出他細膩的貼心。

我躲在立起的教科書後，又再一次嘆氣。

父親就在身後。他跑進我的領域裡，到底是有什麼打算？

……而且說起來，他對我到底有什麼想法啊？

想過無數次的疑問，朦朧浮上腦袋。

外貌一模一樣的獨生子。是喜歡還是討厭呢？是重要還是憎恨呢？我完全不懂……因為不想懂，所以不說話。

父親也是，因為不想被看穿，所以才用郵件和我對話。身為父親，了解兒子最起碼的事情是義務。因為得把媽媽的小孩養大才行。

就算，他根本不愛我。

國中一年級結束時，小學畢業將近一年，感覺自己稍微變大人一點了，但還是個超級小鬼頭。

當時的我，已經接納自己能看穿謊言的能力，曾被捲進麻煩事裡，也受過不少傷，但是，我還沒有發現真正的恐怖。

父親的親戚一家人到我家來玩。大概是當時快要大考的沙耶加沒有來，沙耶加的妹妹，還只有三歲的小舞妹妹，跟著我到處跑。因為很開心她黏著我，晚上也和她一起睡覺，這是很好啦，但配合小舞早早上床的我，那晚半夜突然醒過來了。

因為口渴下樓拿飲料時，我聽到談話聲。

「阿拓啊，你不後悔嗎？」

那是伯母的聲音。阿拓就是遠藤拓也，我的父親。那時，我雖然沒掌握對話內容，但不知道為什麼，我覺得不能讓他們知道我在這裡。吞了吞口水，我在沒開燈的樓梯中段停下，靜靜偷看房內。

雙腳在發抖，我在害怕。

「你真的沒後悔讓她生下正樹嗎？」

伯母繼續問。

「我才沒有後悔。」

父親圓滑笑著立刻回答。

「怎麼可能會後悔啊。」

說話速度比平常快。

「這樣啊，太好了。是啊，說的是啊。正樹是好孩子啊。現在想想，根本無法想像沒有正樹啊。」

伯母開朗地說著這句話的同時，我腳下一滑，跌下樓梯。但也只有三階左右，只是小腿撞出瘀傷而已。

「正樹！沒事吧？」

伯父說著，邊握住我的肩膀扶我起身，邊擔心地問我：

「你該不會聽到了吧？」

伯母也慌慌張張地雙手合十對我說：「對不起喔，伯母問了你爸爸奇怪的問題了。」伯父也斥責伯母：「妳真的很要不得。」

過一會兒，伯父輕輕摸我的頭對我說：

「……但是，你有聽到也知道了吧，爸爸可是很愛正樹的喔。」

我盡可能佯裝平靜，點點頭。

「——是啊。」
我說完後，伯父鬆了一口氣地笑了。
我沒有看父親的臉。
「那我要去睡了。」
裝出笑容，我又跑上樓梯。
雖然喉嚨變得更乾渴，但我不想在這裡多待一秒。我不想要看見父親的臉。
父親，在說謊。
聽說母親與父親同年。所以母親過世時，父親應該才二十七歲。
如果沒有我，父親再婚的可能性很高吧。二十七歲，這是對國中生的我來說很難想像的年齡，但肯定不是所謂「乾枯」的年齡。
隔壁兩間的大哥哥就是二十七歲，我知道他還單身，深受父母疼愛，知道他有個很像辣妹、一頭金髮的女友，也知道他笑著說：「結婚還早得很，我還想要繼續玩啊。」
父親在這種年齡變得孤單一人，母親留下我這個巨大負擔，走了。他當然很悲傷吧，因為親戚都說他們是「恩愛夫妻」。
但是，一年過去，又一年過去，法事也越變越簡單，母親的死開始被當成過去的往事時，他也沒想過要和誰重新來過嗎？

在腦海中模糊想著，試著不去思考的問題答案，出其不意地出現在我面前：

「……不需要、我啊。」

小聲說完後，眼睛深處發熱，視線模糊。

往旁邊一看，小舞緊緊抓住棉被，表情放鬆呼呼沉睡。開開的嘴巴，還留著口水乾掉的白色痕跡，很呆又天真的表情，就是深受寵愛的孩子的睡臉。我覺得這好可愛，輕慢撫摸小舞睡到流汗而微溼的頭髮。

隔天起，我和父親的關係就變了。對話一天比一天少，也不再一同出門，生日時，桌上放的不再是父親親自為我選的禮物，而是放在桌上的現金。

「下一個，遠藤！」

突然被喊到名字，讓我回過神來。

「問題五，你到前面來解題。」

老師一說完，我慌慌張張地翻著教科書，西原在旁小聲告訴我：「七十三頁！」問題比我想像的簡單，讓我鬆了一口氣，我慢慢走向黑板。

用粉筆寫下算式與答案，拍打留在手上的粉筆灰時，老師笑著說：

「正確答案！很棒。」

大概是想讓我安心吧，但希望他等到我回座位再說啊，這種狀態下被誇獎，我不知道該怎麼辦才好。徬徨的視線，最後不經意地朝正前方看去，結果就和父親對上了眼。父親滿臉笑容，看起來很開心，他張大嘴，接著慢慢動。

太棒了！

我迅速別開視線，快步走回位子上坐下。

「那麼下一個是，川端！」

邊聽老師的聲音，我緊緊皺眉，試著擺出苦瓜臉。

因為我發現了。

發現被誇獎讓我好開心。

因為這些事，我心思全在自己的事情上，除了自己的父親以外，我根本沒餘力觀察有誰的父母前來，也沒留意，班上同學對這件事情有什麼想法。

＊＊＊

放學後，我一如往常朝舊體育館後方走去。

似乎不少學生都和來學校的父母一起回家了，但下課時，我父親早在不知何時就消失了，佐倉也在教室向母親道別。

「這給妳，今天的慰勞品。」

自從第一天她說了之後，拿親手做的點心去找她成為我的習慣。

有一次我拿超商買的餅乾給她，她還抱怨「我想要吃親手做的」。聽到她說：「因為遠藤做的點心很好吃啊。」雖然覺得這傢伙也太厚臉皮了，但心情也不壞，自那之後，我每天回家還會特地烤甜點。今天還是沙耶加的特製食譜，加入滿滿杏仁的弗羅倫薩餅乾。酥脆的餅乾加上焦糖部分的豔澤，雖然是自賣自誇，但真的是個很棒的成品呢。如此值得稱讚的高中男生，要上哪找啊？

「呀！看起來好好吃！」

蹲著畫畫的佐倉，才看見保鮮盒馬上跳起身，一打開蓋子就立刻狼吞虎嚥起來。

嘴巴旁沾滿餅乾屑，滿面笑容吃著弗羅倫薩餅乾的佐倉，跟隻倉鼠一樣。

完全看不見平常的優雅，這樣也很可愛。我覺得她不用裝食量小也沒關係吧……

「好好吃！遠藤謝啦！」

一轉眼全吃乾淨，佐倉「呼～～」地吐氣後，意猶未盡地舔手指尖。總覺得她這個動作很性感，我忍不住吞了吞口水，就在此時，她鬆開自己的裙頭，「砰」地拍拍肚子。

啊啊，毀於旦夕。佐倉邊對著小聲嘆氣的我格格笑，邊說：「啊～～吃太多了，肚子都跑出來了。」她這個樣子，在教室裡絕對看不到吧。

「妳總有一天會發胖。」

我念了一句後，佐倉嘟起嘴：

「我有多運動啊。」

說完後瞪著我加上一句：

「而且爸爸和媽媽都不胖，從家庭遺傳來看肯定沒問題。」

「妳媽媽身材確實很好呢，下田可是超興奮的。」

她和自己的母親親密地說話，和我們家不同，他們家人肯定關係很好吧。當我如此想著，佐倉苦笑，模糊其詞：

「啊……嗯，是啊。」

接著她像想到什麼似地看著我：

「這麼說來，你爸今天也有來呢。」

和佐倉不同，我們明明一句話也沒說啊……大概是看臉發現的吧。

看著嘆氣的我，

「……你們也太像了，害我都笑出來了。」

不出所料，佐倉加了這句話後，「哇哈哈」大笑。

「但是真好。」

過一會兒，終於止住笑的佐倉，感慨萬千地說。

「好什麼？」

我一問，佐倉理所當然般地回答：

「你和你爸。」

「……什麼？」

我忍不住發出不悅的聲音。

我和父親的關係無比糟糕。雖然沒對佐倉說過，但看見我們一句話也沒說，怎麼可能會覺得「很好」呢？

「什麼啦，因為你爸看起來很溫柔啊。」

佐倉驚訝地看著我。

「你對你爸一直沒擺好臉色對吧？我不知道你們是在吵架了，還是你覺得丟臉？但從旁來看，可是看得一清二楚。」

「是嗎？」

我放棄反駁如此回應。

所以說，那到底是哪裡好啊？

「我們處得沒有很好。」

「那怎麼可能。能毫不介意讓對方看見自己的不開心，是因為打從心底相信對方啊。」

佐倉說完後，對著我溫柔一笑：

「如果不是覺得不管自己怎樣，對方都會接受的話，就不可能擺出那種表情。而且你爸，不是靜靜看著你不開心嗎？一臉喜悅、滿臉笑容。讓人感受到他很開心可以看見在學校裡的兒子呢。」

「……佐倉啊，妳和妳媽怎樣？」

會這麼問，是因為佐倉的表情看起來有點寂寞。

她看起來和母親聊得非常開心，實際上並非如此嗎？

我問完後，佐倉立刻露出為難表情，稍微猶豫後才小聲說：

「……我媽很完美喔。」

「完美？那不是很好嗎？」

「……太完美了，讓我壓力很大。」

她無力說出的這句話，無庸置疑是她的真心話。

「不只媽媽，爸爸和哥哥也是，我的家人全都很完美。佐倉家是個很棒的家庭。」

聽起來像在炫耀。

但是從佐倉的口吻就知道，不是這麼一回事。

「所以，我也得完美無瑕才行。我不可以成為家人的汙點，要是不這樣的話……」

聽著佐倉越說越小聲，我想起她在母親面前，也扮演著自己。

該不會，佐倉在家裡、在家人面前，也沒辦法想到什麼說什麼？或許教室裡的佐倉和在家裡的佐倉一模一樣。

如果是這樣……也太拘束了吧。

我回想起水族箱中優雅游著的金擬花鱸魚群。

裝飾得完美的水族箱，拿來觀賞是很美，但在狹窄的水族箱中，金擬花鱸在想些什麼呢？

「那個……」

「啊～～遠藤真好。」

佐倉迅速說著，像要打斷我的話。

那是與方才完全不同，滿不在乎的語調。

「既不是帥哥，腦袋也不好不壞，完～～全沒一個超厲害的地方，實在是無比普通！」

戲弄般地說完後，佐倉用力伸懶腰。

「啊，但是做甜點的能力不同凡響吧。」

「……佐倉，妳該不會把我當傻瓜吧？」

「才沒有，我在誇獎你。」

佐倉搖搖頭，對我露出笑容。

「即使如此，被愛還是件很厲害的事情喔。不管遠藤怎樣，遠藤的爸爸都會愛著你。遠藤和你爸，是很棒的家庭。」

每天高聲響起的小喇叭聲，今天沒響。

因為今天是教學參觀日，幾乎所有社團都休息。美術社應該也是如此，但佐倉今天也在這裡。

我最近覺得，和佐倉說話有點開心。而佐倉，大概也這樣想。

佐倉或許，在等著我。

第三章／金擬花鱸死了

FROM 父親

昨天可以看見正樹的校園生活真是太好了。看你認真上課，看你和同學們似乎也相處得很好，我放心了。因為工作有急事先走，沒辦法一起回家真是遺憾。今天也會晚回家，再麻煩你準備晚餐。

教學參觀的隔天早上，正當我要回信給父親，準備按「R」鍵時，腦海突然冒出佐倉的臉，不禁停下動作。

——遠藤真好。

佐倉似乎真的相當羨慕我。

昨晚回家後，我也沒和父親面對面說話。今天早上也一樣。父親來學校的目的，或許不如佐倉所說是想來看我的學生生活，只是基於父親的義務參加學校活動而已。

即使如此，父親特定請假，為了我空出時間來也是不爭的事實。而且，我明明擺出那種冷淡的態度，他還是笑著對我說「太棒了」。

了解。

一如往常輸入預測顯示的文字後，我又慢慢移動手指。

昨天謝謝你。

加上這一句，按下傳送鍵後，我覺得心情稍微輕鬆了一點。

「遠藤同學，早安。」

「川端，早安。」

自從之前傳訊後，川端每天早上都和我坐在同一節車廂。

一起上學變成一種習慣，西原和下田也早就不戲弄我了。

「遠藤同學的爸爸昨天有來呢。」

「是啊，馬上就認出來了對吧？因為我們長超像。」

我笑著回答那不知聽過幾次的台詞後，川端卻像是現在才發現，用力點頭：

「這樣說起來，確實相當像呢。」

出乎意料外的反應。她不是因為我們兩人一個模子印出來的容貌，才發現我們是父子的嗎？

「……那個啊，其實我的監護人也有來。我聽她說有和你爸爸聊天。」

川端的雙親？

因為只有幾組家長參加，隱隱約約還記得大家的身材，但沒有和她相似的大人啊。川端的雙親，肯定和我們家不同，和她不太像吧。

「是嗎？我都不知道。」

「因為遲到了。」

我記得她說的人。

上課上到一半，邊點頭邊走進教室，站在父親身旁的中年女性。

「啊，和妳不太像耶。」

我一說完，川端不太自在地笑了。

「昨天來的人，不是我真正的雙親——是收養我的親戚，也就是美沙的媽媽代替我的家長來。」

穿著樸素連身裙的那個女性，表情感覺有點陰沉。女兒才過世兩個月，這也是當然。即使如此，還為了姪女到學校來，她也很愛川端吧。

「……是這樣啊。」

總覺得氣氛變得尷尬，之後一段時間，我們靜靜隨著電車擺動。這種時候該怎麼辦才好？道歉也很奇怪，勉強改變話題也很刻意。

難受的沉默讓我縮起身體，此時我根本沒想到，川端對我說的這個事實，竟然會在同班同學間造成莫大話題。

進入教室的瞬間，我有種討厭的感覺。感覺平常根本沒注意我們動向的同班同學，同時朝我們看過來。

我和川端都不是特別引人矚目的學生，我覺得奇怪而環視教室，但朝我們聚集的視線一瞬間散去，我沒辦法探究他們的意圖。離開了川端我到自己的位置坐下，西原轉過頭來對我苦笑：

「川端，是不是有點糟啊？」

西原偷偷摸摸地說著，我皺起眉頭：

「你指的是什麼？」

「還說什麼……你不知道嗎？」

西原擺出苦瓜臉說完後，接著說：

「昨天不是有教學參觀嗎？那之後就傳出奇怪謠言了。」

「奇怪謠言？」

昨天教學參觀結束後，班上同學幾乎都還留在教室。這之中，川端早早就離開了教室，我也匆匆忙忙去找佐倉。所以我完全不知道在那之後，班上同學到底講了些什麼。

西原邊窺探我的表情邊小聲說：

「……有傳言說：『該不會是川端殺了小林吧？』」

川端殺了小林？

我在腦海中反芻西原的話。

川端和小林是表姊妹，是好朋友。

到底是怎樣的推測，才會得出這種結論呢？

完全不懂。

「什麼？」

我稍微愣了一下後，忍不出低喊。

「到底是怎麼一回事？」

「我也不在場，只是聽人說的，也不是很清楚詳情啦。」

西原先講了這個前提之後，才吞吞吐吐地說明：

「放學前班會時間結束後不久，小林的雙親到教室來接川端，打算一起回家的感覺。小林雙親去年也有來參加教學參觀，那件事情後，也有到學校來收東西，所以去年同班的人還記得。然後啊，教室引起一陣騷動……然後呢，真相就是，她們兩人似乎是親戚。川端因為家庭因素，從小就寄住在小林家，現在似乎也住在一起。」

這些我早就知道了。川端沒有想要隱瞞，班上有誰知道了也不奇怪。

我想知道的是，那到底是怎樣，為什麼會變成川端殺了小林呢？

「你好恐怖，別瞪我啊。」

西原稍微安撫我之後繼續說：

「然後呢，問題就從這邊開始。就有人說：『原來她們兩人是那種關係啊？』『小林死掉那天早上，看見川端在事故現場附近閒晃，那是湊巧嗎？』——然後呢，喜歡講八卦的女生邊叫邊聊，就變成川端殺了小林之後逃走了……似乎是這樣。」

不可能。

因為小林不是死在學校附近，而是死在我住的青濱町啊。

川端住在隔壁町，我以前曾聽她說從沒來過我居住的青濱町。

那不是早上出去散個步的距離，說川端出現在青濱町，怎麼想都很奇怪。

「……那個，是誰講出來的？」

肯定是覺得小林這件事就此告一個段落太無聊的人扯的謊。

想要拿川端當祭品，再次炒熱這個八卦。

我忍不住握緊拳頭，無論如何都無法原諒那傢伙。

只要直接和對方說話，我就能知道是不是謊言。

不管如何，都要逼問那傢伙。

「是誰來著啊……嗯～～喂，下田，你不是在那邊嗎？還記得嗎？」

西原稍微思考一陣子後，搖醒趴在隔壁座位上大睡特睡的下田。

「……欸？什麼？」

下田突然被叫醒，邊揉著睡眼邊問。

「昨天說看到川端的人啦，你當時在教室裡吧？」

「你還記得是誰嗎？」

看著一臉認真詢問的我，下田終於掌握狀況了。

「喔、喔喔！」

他頻頻點頭後，唸著：

「那個嘛，是、朝倉。」

「朝倉？」

我忍不住回問，因為出乎我意料之外。

我和朝倉住同一個町，小學和中學都念同一間學校。雖然不特別熟，但我知道她不是那種為了有趣而欺騙旁人的人。不喜歡受矚目的她，就算有話想說，也會刻意閉嘴不說。

「是啊，嚇到不小心說出口的感覺，說完還呆了一下……那之後，她變成前田的目標，超傷腦筋的呢。」

前田超喜歡八卦，也超喜歡到處亂講，簡直就是一本活八卦雜誌。她總是喋喋不休說個沒完，但內容幾乎全是不知真假的謠言。喜歡八卦的女生很重視她，但她在男生之間不怎麼受歡迎。但這先暫放一邊，如果為了蒐集消息，前田連平常完全沒交集的朝倉也會毫不客氣地追問吧。朝倉肯定對自己說出口的話無比後悔。

總之，朝倉說謊後，前田進一步加工、散播謠言。

走進教室時的奇怪感覺，就是起因於此。

班上同學不是關注我，而是關注川端吧。

「……這樣啊。」

但話說回來，朝倉為什麼要說那種謊？

我側眼看朝倉的座位，她似乎還沒有到校。

我小聲嘆氣後，把視線移往川端。

川端也不是笨蛋，大概已經察覺這詭異的氣氛了吧。

而再過不久，她肯定也會得知蔓延的新謠言。

得早點從朝倉口中問出真相才行，這麼想的瞬間，上課鐘響，木村老師走進教室裡。

「好～～早安。」

一如往常拖著語尾說話，點完名後，老師告訴大家朝倉缺席的事。

「朝倉會請假一段時間，昨天她跌下樓梯摔斷腿了。因為骨折處的情況不太好，所以要住院幾天。大家也多加小心啊。」

怎麼會如此不湊巧啊！

我忍不住趴在桌上，老師裝傻對我說：「遠藤，別一大早就打瞌睡啊。」

午休時，比平常還晚到社團教室的川端，情緒明顯低落。

她看見我後稍微打個招呼，默默開始泡咖啡。

過一會兒，川端終於在椅子上坐了下來，我戰戰兢兢地問道：

「妳好像沒什麼精神，怎麼了嗎？」

我知道是因為那個謠言，但不知道她了解到哪種程度。就算能感到討厭氣氛，應該也不知道話題內容吧。

她沒有為她擔心的朋友，我也不認為有人願意把事情告訴謠言主角的她。

「……剛剛啊，前田同學問我，」

川端顫抖著聲音說著，嘆了一大口氣。

「美沙死掉時，我在事故現場附近是真的嗎？……說朝倉這樣說，然後傳出『該不會是我殺的吧』的謠言。她對我說，如果我把真相告訴她，她就可以幫我洗清嫌疑。」

川端露出快哭出來的表情，讓我又對前田湧出怒氣。

明明是她自己散播謠言，洗清嫌疑？簡直是惡人先告狀。

前田鮮少提起自己的事情。她雖然很少說謊，卻從來不說自己的意見。她喜歡八卦，大概是不想要自己負責，但又想要成為當事者。

雖然是朝倉說出口的話，但我更無法原諒前田。前田明明比任何人都享受八卦，卻打算把所有責任推在朝倉身上。

「我回答她，我不知道那件事。」

這是當然。

川端不可能在事故現場。

但我想像著，前田接下來也會開心地散播謠言，然後把朝倉塑造成壞人吧，我無法壓抑心中怒火。

我不知道朝倉為什麼要說謊，但把原本只是「在青濱町」的謊言，變成「殺人」這充滿惡意謠言的人，就是前田。

我咬脣的瞬間，川端說出意料之外的話：

「……但是，前田同學向我確認『妳真的不知道嗎？妳敢說妳絕對不在那邊嗎？』時，我卻沒辦法點頭。」

「欸？」

為什麼？

從川端口中問出話的前田，不知道會怎樣更改謠言內容。

但只要不否定，肯定會朝著不利川端的方向發展。

但說起來，川端明明不在那裡，也不可能說謊啊。

「我啊，對自己的記憶力沒有自信。」

川端弱弱地說，呆呆看著空中。

「過去的記憶，我完全沒有七歲以前、小時候的記憶。所以這一次也是，雖然我完全不知道這件事，我想我應該在睡覺，但問我『絕對』我就答不出來了。因為，我有可能又失去記憶了啊。

「——不久前，媽媽曾經對我說過『妳之前不是說去溫水游泳池嗎？把穿泳衣的照片寄給我吧』，但我根本不記得我對媽媽說過這件事，其他還有不認識的大叔突然和我說話。說『小百合，今天一定要跟叔叔一起玩喔』，還說著『在明亮的地方看，更覺得妳的黑髮好美喔』拉我的頭髮。我明明是第一次見到那個大叔啊。」

川端洩洪般快口說著，淚水也一滴一滴從眼眶裡冒出。

「遠藤同學……我說不定有夢遊病！」

我忍不住跑過去抱住川端的肩膀，她輕輕顫抖著開始啜泣。

「怎麼辦，想到沒有記憶的自己曾出現在哪裡，就覺得恐怖。如果我真的……殺了美沙，那我到底該怎麼辦？」

我輕輕擁抱虛弱低喃的川端。

「沒事，沒有事的。媽媽那件事只是單純健忘，那個大叔也只是變態而已。妳怎麼可能殺了小林，對吧？」

——我和美沙是表姊妹。從小就一直在一起，她是我最喜歡、最好的朋友。

那句話，是川端的真心話。

川端不可能殺了最喜歡的小林。

「但是……但是！」

川端數度抽噎，邊說：

「我好羨慕美沙！美沙的家人，不管是美沙還是美沙的爸爸、媽媽都好溫柔……對寄住的我很好。彷彿真正的家人一樣！但是，正因為是這樣，我好羨慕美沙，好羨慕是他們親生女兒的美沙，羨慕得不得了。所以偶爾，真的很偶爾，會恨得受不了，甚至也想過，要是美沙不在的話。這股心情滿了出來，我該不會！」

川端攀著浮木般看著我，緊緊抓住制服衣角。

「……總之，沒事的。」

我說出這句話就用盡全力。

川端說出口的話，仍舊全無虛假。

聽見她的真心話後，我發現了一件事。

那就是，兩件相互矛盾的事，可能兩者皆為真實。

這種理所當然的事情。

川端以前，說她最喜歡小林美沙了。

現在卻告訴我，她曾覺得恨得不得了，也曾希望小林消失。

兩者無庸置疑都是她的真心話。

人心很複雜，可能同時擁有完全相反的感情，想法也可能隨時改變。我被可以看穿謊言的微小力量過度束縛，忘了這種單純的事情。

說極端點，也可能因為一時的感情，而殺了一直喜歡至今的對象。川端殺死小林的可能性，也並非零。

「……我明明比任何人都喜歡美沙啊。」

聽見川端喃喃說出這句話，我發現自己現在思考的事情無比恐怖，頓時清醒。

不管有什麼理由，川端都不可能殺了小林。

川端不會做那種事。

她是唯一一個，我打從心裡相信的人。

我再一次緊抱她顫抖的肩頭，在她耳邊低語：

「川端絕對沒有殺了小林，我證明給妳看。」

對川端露出勉強笑容後，川端雙眼空虛問我：

「……要怎麼證明？」

「──我能看穿謊言。」

至今，我從沒想過要對誰說這個秘密。

即使如此，發現時，我已經自然說出口了。

「欸？」

拉開彼此身體，我看著川端，她睜圓了眼睛。

大概是嚇一大跳，淚水也停了。

「妳之前問過我，為什麼要和妳當好朋友，對吧？我那時候模糊其詞，但其實，我有對妳感興趣的理由。二年級和妳同班後，我發現了一件事，妳從不說謊，總是說真心話——只要和妳在一起，我的心就像獲得淨化，變得很乾淨的感覺。雖然有點誇張，但和妳當好朋友，我覺得從中獲得救贖。」

我說完後暫停一下，盡可能溫柔對著川端微笑：

「所以這一次，輪到我來幫妳了。」

川端一瞬間露出笑容來回應我後，再次簌簌落淚。

我只是靜靜撫摸她的背，直到她停止哭泣。

那天放學後，我沒有前往舊體育館，而是朝地區的綜合醫院而去。

放學前班會時間結束後，我對木村老師說我要去探望朝倉。拿我們住很近當藉口後，老師也點頭同意，沒進一步猜疑我們平常看起來並沒特別好的關係，很乾脆告訴我醫院名字。老師拿了好幾張講義給我「替我拿給她」，還不慌不忙笑著說：「替我問好啊。」

走進在櫃檯問到的病房後，朝倉驚訝地看著我。

這也是當然。在她放鬆時，一點也不要好的同班同學突然來訪，當然會驚訝，而且大概是困擾。

吸入滿腔病房獨有的、消毒水般的刺鼻氣味後，我對她說：

「……啊，這個。」

把帶來的講義交給她後，朝倉不自在微笑，低頭說著「謝謝」。

「那個，為什麼？是老師特地要你拿講義來的嗎？」

抓住她提問的好機會，我直言：「我有事情想要問妳。」

我絕對要幫川端。今天中午，已經做好覺悟了。

只要想到川端的心情，眼前這和朝倉的尷尬時光，也變得無所謂了。

「妳昨天為什麼要說謊？」

「……說謊？」

朝倉露出毫無頭緒的表情。

「妳說妳看見川端，那是謊言吧？」

大概是我尖銳的語調惹她不快吧，朝倉不悅地說：

「我沒說謊。」

「欸？」

「所以說，我沒說謊，為什麼我要說謊啊。」

朝倉說出口的話並非謊言。

這事實令我相當震驚。

「但是，川端怎麼可能在那裡。不是只是外型很像的人嗎？」

只是朝倉以為是川端而已。

如果她沒有說謊，只有這個可能性了。

「不是喔。那個人的確是川端。穿著我們學校的制服，水手服上領結的顏色，也是相同學年的顏色。而且，我們町裡沒其他念同一間高中的女生了啊。我想著還真少見啊，一直盯著看，所以記得很清楚。那時我不認識她，但同班後，我就確定她是那天的女生。」

朝倉斬釘截鐵說完後，又小聲說：

「當然啦，因為我不謹慎的發言而傳出那種謠言，我也覺得很抱歉。但是啊，我看見川端同學是真的，但我也不認為是她殺人啊。只是前田同學講得很開心而已，班上其他人也不這樣想啦。」

她鼓勵著茫然的我。

這樣一來，都不知道是誰來探望誰了啊。

又閒聊一陣子後，我無力起身，腳步蹣跚離開病房。

＊　＊　＊

從醫院回家的路上，發現時已經到海邊來了。

明明都晚上七點了，天空還很明亮。我坐在消波塊上，聽著「沙沙」的海濤聲，呆呆看著大海。

朝倉沒有說謊這件事，帶給我超越想像的打擊。

那個朝倉都說得那麼斬釘截鐵了。小林死掉那天早上，川端在這個町上應該沒錯吧。但是，川端說她不記得。夢遊病，雖然她這樣說，但真有這種事嗎？而這個事實與小林的死有關嗎？

——如果你真為川端同學想，就別再追究比較好。

我想起佐倉幾天前給我的忠告。

雖然並非我干涉後造成的結果，但因為追究事件的關係，川端現在被逼入困境。佐倉果然知道些什麼，我已經不認為是佐倉將小林逼上絕路了。她只是尊重已故小林的意思，為了川端的幸福，把秘密藏在心底。

要是再追究下去，會不會帶給川端更甚現在的痛苦呢？

——偶爾，真的很偶爾，會恨得受不了，甚至也想過，要是美沙不在的話。

午休時，川端邊哭邊這樣說。

她確實是說真心話，我聽到這個之後，一瞬間想著「謠言或許是事實吧」。小林是被車撞死。所以很明顯，川端不可能直接殺了她。

但是，小林自殺的理由在川端身上，是否有這種可能性呢？

——小林美沙最喜歡川端同學這件事是真的。喜歡到為了川端同學，她什麼事都願意做。

佐倉也這樣說。

小林發現自己最喜歡的川端討厭自己，所以選擇自殺。不也有這個可能性嗎？可能會有人嘲笑「怎麼可能有那種蠢事」，但是我相當清楚，因為無可奈何的理由被最喜歡的人討厭，會讓人痛苦到想死。

如果是這樣，川端會想要知道事實真相嗎？

川端不說謊。

我絕對不想要欺騙這樣的她。

但是，如果真相比想像殘酷，直接說出真相絕對會傷害她。

我到底該怎麼做才好呢？

我絕對、無論如何、不管怎樣，也希望川端幸福。

午休時和川端說過的話，說從她身上獲得救贖是我真真切切的真心話，但想救她的理由，不全因為如此。

那時沒說出口的，是我將川端……和自己的母親重疊了。

母親生前，似乎也是個不說謊的人。小學一年級時，我從父親口中聽到這件事。梅雨季中的連日晴天某天，有個活動要我們為母親節寫下感謝信。我對老師說我沒媽媽，想藉此逃避這個作業，但老師卻對我說：「每個人都有媽媽，你就寫信給天國的媽媽吧。」

現在想想，就會覺得要學生寫信給完全沒記憶的母親，這樣的老師也太沒神經了吧。不管怎樣，當時的我，單純為了寫信蒐集資訊，毫無感傷地跑去問父親：

「媽媽是怎樣的人啊？」

父親雖然有點驚訝，但立刻笑開臉：

「很老實的人。」大方又驕傲說完後，又接著說：「堅強又溫柔的女性，很帥氣吧？」

那時早已超過三十歲的父親，露出不符年齡，害羞又呆傻的表情。

「正樹和媽媽不怎麼像呢。會說社交辭令，如果是為了對方，也願意說場面話，大概是像我吧？」

父親邊摸我的頭，邊繼續說道。

「我和爸爸很像嗎？」

好開心。那時的我，對沒見過面的母親一點興趣也沒有。和最喜歡的父親很像這句話，比任何誇獎還讓我開心。

「嗯～～真要選一個的話啦，你連臉也和爸爸一個樣啊。」

父親有點寂寞笑著，看著我。

我和父親很像。我覺得好驕傲，不禁得意起來，父親卻帶著寂寞表情，繼續摸我的頭。

爸爸說媽媽是很帥氣的人，我也好想和媽媽見見面、說說話。

母親節的信上，我只寫了這段話。只是為了作業而寫的沒內容文章。聽了父親的話之後，我仍然覺得母親與我無關。

我開始認真想認識母親，是在幾年後升上國中後的事了。我將來不管有怎樣的人生，就算沒考上大學、遇到裁員、老婆跑掉，應該都比那時候好多了吧，那段時光糟糕到讓我有這種想法。

知道父親不愛我後，沒什麼能相信了。

就算希望相信誰，只要對方說一個謊就不行了。開始懷疑自己是不是會被背叛，煩躁、悲傷……不管是親戚還是朋友，誰都無法相信。

接著就開始出現，父親扶養我至今，肯定只是基於義務而已的想法。因為父親愛著母親，從父親談論母親的話中，可以切身感受父親深深的愛意。

但是，為什麼？

深愛母親的父親，不願意愛我，這是為什麼呢？

如果討厭這股力量，肯定也會迴避母親。愛著母親卻不愛我的理由，到底在哪裡了？

自從看穿父親的謊言後，每個夜裡都在思考的我，某天，坐在佛壇前看著母親。目不轉睛盯著母親的臉看之後，我只發現一件事，那就是我和這位女性一點也不像。

我的外表神似父親，內在大概也和父親很像。喜歡的食物、喜歡的運動、喜歡的藝人都和父親相同，去看電影時，也都在同一幕吸鼻子。我完全沒有母親的老實特徵，完全稱不上是溫柔、堅強又帥氣的男人。

我只從母親身上繼承了這個麻煩的力量。

——正樹和媽媽不怎麼像呢。

連父親都清楚這樣說了，我不管從哪裡看，都像父親。

想起父親說這句話時的寂寞表情，當時不懂，但父親應該是因為從我身上看不到母親的模樣而悲傷吧。

思考至此突然想到，如果我長得像母親，父親是不是就會愛我了？是不是就不會覺得，不生我就好了呢？

眼前的母親嫣然微笑，直直看著我。她的表情像是無奈想著「真拿這孩子沒辦法」，也像在鼓勵我加油。

看著母親柔軟的笑容，這大概是我第一次想著「她到底是怎樣的人呢？」。她在我懂事前就過世了，會這麼想也是自然的事。我只知道父親偶爾講出自己戀愛故事中的母親，但我對此毫無興趣，所以也幾乎不怎麼記得。

我站起身翻壁櫥，雖然關係變得尷尬的現在，沒辦法直接問父親，但家裡有非常多母親的照片。至少看照片，分析是怎樣的人吧。當我想把收照片的大塑膠箱搬出來時，發現塑膠箱後面有個舊信封，那是常見的褐色信封，但四處有髒汙、斑點。大概是我粗魯翻找的關係，我把父親的高爾夫用具弄倒，信封從隙縫中跑出來了。我不怎麼在意地拿起來，打開來看，裡面是一塊錄影帶。

是父親的嗎？為什麼要這樣藏起來呢？

該不會是糟糕的東西吧？

我好奇地放進播放器中，好幾年沒用的錄影帶播放器上堆滿灰塵，讓人擔心還會不會動，但開機按下播放鍵，它發出「嘰嘰嘰」的聲音，慢慢動起來。

電視螢幕上，出現畫質很差的影片。

似乎是從遠處拍攝一位坐在廊簷下的女性，女性背對鏡頭，看不清楚臉，但從她光澤的黑髮，我知道她是誰。是母親。

「那個，這是我最愛的妻子智花，還有我和她愛的結晶正樹。」

過一會兒，和我很像的聲音，開始愉快說起話。

「我無論如何都想要留下這尋常的景色，但智花討厭，所以我偷偷拍。」

如此宣言後，鏡頭一步步朝母親靠近。

母親纖細的背影，像在保護什麼似地曲捲著，我知道她懷中有個小嬰兒，那是我。母親似乎正在對我說話。

「正樹，我好喜歡你喔。」

那時我聽見母親的聲音。

柔軟、沉穩，才一竄進耳中，溫柔的聲音就暖暖地包裹住我的心。

「世界上最愛你了。」

全部是真心話。

「我會一直、一直愛著你喔。」

「我會一直、一直守護你喔。」

如此說的母親開始越變越模糊，結果發現竟然是因為我哭了，我嚇了一大跳。因為至今從沒太大興趣的母親的簡單一句話，拯救了我。

自從知道父親不愛我以來，我心中不斷有髒汙沉澱，感覺這些沉澱隨著淚水一起流出來了。

「……媽媽。」

我忍不住朝畫面中的背影喊。

這個人，是我的母親。

第一次，打從心底這麼想。

就算沒人愛我，也有這個人愛我。只有和我擁有相同力量，生下我的母親愛著我。她發誓會一直、一直愛著我。光是這樣就足夠了。

「正樹，約好了喔。就算媽媽不在了，你也要和爸爸好好相處喔。」

母親用著幾乎是痛苦的拚命聲音如此低語，就在此時。

「智花。」

聽見父親顫抖的聲音，母親轉過頭來。

睜大雙眼，似乎是真的嚇到。連在她懷中的我也睜大眼，直直盯著鏡頭看。

「真是的！阿拓，我不是說我不喜歡被拍嘛，你在幹嘛啦！」

母親鼓脹雙頰瞪著鏡頭。

在此響起喀嚓聲，變暗。影片似乎結束了。

全黑的畫面立刻切換成黑白沙沙畫面，聽著雨聲般的激烈雜音，我的心像被握緊，好痛苦。

我只知道一點母親的事情，看完影片後仍舊相同，但是，她確實愛著我。很現實，我開始對至今覺得無所謂的母親感到強烈愛意，同時，無比憧憬起她的堅強。

聽說母親是個不說謊的人。

沒有堅強心靈、堅定意志，不重複說好幾次，就沒有辦法不說謊。而我，沒有這份堅強。

母親大概從小就聽著各種謊言而無比疲憊吧，所以才會討厭費事又煩人的謊言。我能切身體會她的心情。

但是她和我不同，她沒有放棄這個滿是謊言的世界。她打算和充斥世間的謊言對抗，如果不是這樣，不可能不說謊活著。雖然說謊很麻煩，但不說謊更麻煩。

如果可以變成她那樣，那該有多好。

就算被人討厭，也能為自己驕傲，更重要的是，父親或許會因此開心。

但我很膽小，為了保護自己，不說最低限度的謊就沒辦法活下去。雖然討厭謊言，卻怎樣都會用謊言保護自己。鄙視著自己是最糟糕的傢伙，卻怎樣也戒不掉。

因為這樣而尊敬母親的我，卻無法具體想像母親的形象。再怎麼說，很難找到不說謊的人。所以，長久以來，我心中的母親形象，如童話世界中的角色般，虛幻且不切實際。

把不現實的母親當成心靈依靠，我放棄自己，放棄修復與父親間的關係，放棄謊言蔓延的無聊世界，只是平淡過著每天的日子，然後遇見了川端。

不說謊的川端，有著我沒有的堅強。光這點就足夠吸引我，想要在旁幫著不說謊的她度過各種難關。接著，運氣不錯地和她變得要好，隨著共度的時間增加，我也開始想著。

母親或許就是與川端類似的女性吧。

川端是和我同年的可愛高中女生，和擺在佛壇上的二十七歲母親一點也不像。硬要找相似點，大概是同樣有一頭亮澤黑長髮。把川端與母親交疊對她很失禮，而且有種嚴重戀母情結感，所以我沒有直接對她說。

「——媽媽，妳怎麼想？」

能看穿謊言，因此，絕對不說謊的母親。

如果是她，會覺得殘酷的真相比謊言還好嗎？

我小聲自言自語，當然得不到回應。

只有「沙沙」海濤聲，在寧靜的海邊響起。

＊　＊　＊

隔天，事態更加惡化。

內容變得更誇張，甚至越傳越廣。

大概是感覺到這股氣氛吧，川端努力忍耐著縮起身體坐在位置上。到目前為止，她多少和班上同學格格不入，但從沒面對過這等惡意。

我真的無法忍受，下定決心，用力站起身，走到前田面前，當面嗆她：

「喂……妳到底想怎樣？」

前田睜大眼睛，討好般歪頭：

「遠藤同學，怎麼了嗎？」

「到處說那種沒憑沒據的謠言，妳到底想怎樣？讓人困擾就這麼開心嗎？川端是有哪裡得罪妳嗎？」

我口氣尖銳地逼問後，前田一臉意外地聳肩：

「沒憑沒據……明明就有。俗話說無風不起浪，不是嗎？」

我瞪著一臉無所謂的前田，發出我最極限的低聲：

「妳那什麼意思？」

「我只是把事實、從朝倉同學口中聽到的事情、從川端同學口中聽到的事情，直接說出來而已。雖然也加入了『也可以這樣想』的自我推論，但我從沒說過那是事實。一個謊也沒說，我哪裡不好了？」

這傢伙完全不理解，自己的發言到底傷害身邊的人有多深。

前田確實沒說謊，只是到處說著小林的死、朝倉的發言，以及川端昨天說出口的話而已，但是……

看見前田豁出去，堂堂正正挺胸說話的態度，我沒辦法繼續說下去。

看見我這樣，前田驕傲自滿地繼續說：

「而且話說回來，原來遠藤同學這麼喜歡川端同學啊。沒在交往嗎？啊，我記得你應該和朝倉同學住附近吧。難道你和小林同學有交集嗎？」

從前田嘻笑的表情，看得出來她打算把我說的話交織其中，要把謠言弄得更有趣。我忍不住握拳，如果前田是男的，我應該已經衝動揍上去了吧。

「別開玩笑了！」

我沒有揮拳，而是怒吼。

「不管妳的生活再怎麼無聊，也別拿別人當犧牲品！妳的生活中什麼事情也沒發生，那是妳的責任。沒能體驗特別經驗、什麼事件也沒發生，都是妳的錯。妳卻為了要模糊焦點，淨說些不相關的人的謠言。明明和妳毫無瓜葛卻刻意搭便車……妳要膚淺也有個底限吧。」

全班都看著我們。

前田紅著一張臉四處張望後，扭曲著表情，顫抖著聲音小聲說：「……好過分。」

但我不理她，繼續說：

「妳啊，從旁邊看簡直讓人不忍目視，噁心透了。」

我拋下這句話後，前田誇張崩潰大哭。

我置之不理，若無其事走回自己座位坐下。

鴉雀無聲的教室裡，只有前田的哭泣聲響著。

過一陣子後，一個女生跑到前田身邊，扶她走回座位。大概是有人安慰滿足了吧，前田的哭聲漸漸變小，與之相比，教室也逐漸恢復原有的喧囂。

「……遠藤，你怎麼啦？」

「我懂你的心情啦，但你不是那樣的人吧。」

西原和下田偷偷跑來問我，但我一點也不覺得有錯，對著他們笑：

「就一肚子火啊，而且，我老早就看她不順眼了。」

滿腔怒火加上從以前就討厭她都是真的，但不僅如此。

升上高中後，與人正面衝突的次數也少了。這種情況中，在教室正中央大吵一架。而且還是超愛講八卦，雖然被疏遠也相當有存在感的前田，與平常無比溫厚的我，這充滿意外的組合的爭執，衝擊性相當大吧。這件事絕對會立刻傳開，前田肯定會比先前更加開心地廣傳吧。再怎麼說，這次的主角就是她自己啊。她肯定會邊哭邊對其他女生說我有多過分，來博取大家同情吧。

而我在女生間的評價大概會變得極糟，但這真是再剛好不過了。

只要我們的事情越傳越大，肯定能讓川端的謠言變淡。

八卦只是一時的。多數人不知它到底是真是假、有不有趣，所以很快就會聽膩。只要有新的話題，就會轉移目標。我打算拿自己和前田當祭品，拯救川端。

體認到無法拿出真相將曖昧的謠言消除殆盡的我，只能想出這個方法，總之，再來就等時間發酵。

邊感受同學不禮貌的眼神，我的心情無比舒暢。

但不如我所想像的是，幾天過後，我和前田的事情完全沒有傳開。其他班級的同學既沒有用充滿興趣的眼神看我，班上同學也沒說些挖苦我的話。

前田在那之後，動用所有可用的網絡，打算散播我對她做了多過分的事情。渣男的謠言傳得很快，誰玩弄了誰、誰對誰口頭性騷擾這種事，一天就會傳遍校園。從經驗上我如此判斷，但明明該是這樣啊，為什麼沒有發生？

不如預期發展的勢態，讓我坐立不安。

我之所以如此焦急，是有理由的。

川端的精神狀態，一天比一天還要糟糕。

「……美沙走了之後，連媽媽也可能不見了。」

在我對她說出自己的秘密，並去見過朝倉的幾天之後，川端對我這樣說。

我在平常那間小房間裡，煩惱著該不該告訴川端，朝倉沒有說謊。因為我沒對川端說我去見了朝倉，所以可以閉口不談。這帶給川端的打擊也比較小。但是，既然我已宣言要幫她了，我或許就應該告訴她我的行動與結果。就在我反覆想著這件事時，川端突然說起了這件事。

「欸？媽媽？」

出乎意外的名詞，我忍不住反問。

「嗯，已經好久沒有聯絡了。」

我知道川端現在住在小林家，教學參觀時來學校的也是小林的母親，我從沒聽她提過她的親生母親。

「本來就沒有那麼常聯絡，她也不是馬上聯絡得上的人。她不願意見我，也不太願意接電話，就算傳訊給她，一、兩週後才回訊都很正常……但是，我最後一次傳訊給她是一個月前的事情，那之後一直都沒消息。這還是第一次完全聯絡不上她。」

「妳和小林的父母談過嗎？」

「嗯，但是……他們要我別在意。說我媽本來就那樣。」

雖然只聽了一點，但川端親生母親似乎相當散漫。聽見她幾週才會回訊，就感覺多少有點問題。不管怎麼說，如果是認真的人也就算了，本來就懶散的人，回信稍微晚了一點也不需要多擔心吧？小林的雙親也是如此判斷吧。

「沒事的啦。」

川端肯定只是因為小林的事情變得敏感了。

即使如此，連女兒發生大事時也完全沒聯絡，這是什麼母親啊？不知道她有怎樣的理由，我對沒見過面的她有點生氣。

大概是情緒出現在表情上吧，川端看著我，辯解似地加上一句：

「媽媽只是懶散啦，她可是很愛我的。」

「……嗯，我想也是。」

川端大概對我無論如何要她冷靜下來，為了應付場面而同意的態度相當不滿吧，所以她用著更加激動的口氣說道：

「我們之所以沒住在一起，也是有理由的。媽媽現在似乎沒什麼錢，那也是為了救我才全部失去的。」

「……失去？」

抽象的說法讓我好奇，我重複她的話，川端有點猶豫後，才小聲繼續說：

「我小時候，被媽媽的再婚對象虐待。然後，媽媽為了救我，把那個人——給殺了。」

這太令人震驚了，我不禁啞口無言。

如果川端已經超越這個事情，起碼還是個救贖，因為這太痛苦了。她之所以張皇失措以為自己殺了小林，大概是因為腦海中有母親的那件事吧。

川端從沉默的我身上別開眼，繼續說：

「媽媽為了我犯罪，雖然是罪人，卻是我很重要的人。所以我很不安，美沙也走了，如果媽媽也不見了，我該怎麼辦才好。」

她說完後低下頭，我不知道該對她說些什麼才好。

好朋友的死，班上的謠言，以及母親的不理不睬。

最近的川端，屋漏偏逢連夜雨，已經滿身瘡痍了。

「沒事的啦。」

用盡力氣只能說出再尋常不過的話，雖然知道這種安慰連寬心的效果也沒有，但我毫無餘力思考更體貼的台詞。因為我也因川端突然的告白而不知所措。

「真的、沒事的啦。」

我像個笨蛋又重複一次，川端才慢慢抬起頭。看著嘴角帶著不自在笑容說「謝謝」的川端，我只能對自己的沒用咬唇。

我那天晚上，邊咀嚼晚餐的馬鈴薯燉肉邊偷瞄父親，尋找說話的時機。我想要問問身為警官的父親，關於川端母親被捕的那個案子。父親當時已經在這塊土地上當刑警了，說不定他知道什麼詳情。

放學後，我也繞去圖書館，試著查詢事件的詳情，但沒辦法知道詳細資訊。當時報紙只刊載事件的概要，沒寫得比川端說得更多。

對川端來說，母親是她的心靈依靠吧，我痛切了解她的心情。不管怎樣都希望川端打起精神來的我，也想要了解她的母親，但我無法在心中將「寧願犯罪也要保護女兒的加害者」與「女兒遇到大事時也不聯絡的散漫女性」畫上等號。我想要知道報導上沒寫的、盡可能真實的資訊。

幾天前起，感覺我們的距離稍微拉近了，但要我主動和平常不說話的父親說話，有點難為情。

但是，這是為了川端。

「……那個啊，爸爸，十年前發生的殺人事件……有個母親為了保護和我同年的女生不被虐待而殺了丈夫的事件，你知道嗎？」

不知道是話題太突然，還是我主動說話真的太罕見，父親一瞬驚訝地眨眨眼，接著才小聲說：

「啊，我知道。」

他頻頻點頭後，一臉懷念的表情繼續說：

「那已經過十年了啊……難怪正樹也長大了。這麼說來，小學入學典禮那天，你一大早就弄髒制服手忙腳亂的，你還記得嗎？」

我邊對要往奇怪的地方展開話題的父親感到無力，邊強硬把話題拉了回來：

「我記得啦，但那個現在不重要，先告訴我事件的內容啦。」

父親手撐下顎，思考一會兒後，認真地說：

「那個事件啊，總之女兒非常可憐。因為她和正樹同年，也讓我更加如此覺得。」

「加害者……那位母親是怎樣的人啊？」

「那不是爸爸負責的，所以也不是很清楚……老實說，身邊的人似乎對她沒什麼好想法。鄰居、職場的人，說出口的話都挺狠的。如果真的照他們那樣說，她不是什麼正經的人……但事後回想起來，應該是精神狀態不安穩才變那樣的吧。」

父親闡述的川端母親，讓我聯想到現在的川端。

她也會被逼到絕境，越陷越深，最後被身邊人孤立起來嗎？

「根據附近鄰居的問話結果，反而是被害者的男性評價很好呢。聽說是個性溫厚、爽朗的好青年，也常有人看到他陪女兒玩。實際上，袒護他的聲音更多。」

「會虐待小女生的男人，怎麼可能是好青年啊。」

我對父親說的話不悅，口氣強烈回應。

我根本無法原諒讓川端受傷的人。

「這當然。也常常見到旁人看起來是好人，但本性糟糕，回到家就變了個人的案例。也有聽到公寓偶爾會傳出男人怒吼聲的證詞，被害者大概是表面工夫做得很好吧。」

表面工夫做得好的人，毫無例外都是騙子。佐倉是例外，她是好人，但騙子果然都不正經。我忍不住皺眉，父親像想起什麼似地說道：

「爸爸只知道這些而已……那個事件怎麼了嗎？」

「沒、沒有什麼。只是知道那發生在這個町，所以有點好奇而已。」

我不想告訴父親關於川端的事，所以若無其事地說謊。

父親說完「這樣啊」後，再次大口大口吃起馬鈴薯燉肉。

查完報紙、聽完父親的說法後，川端母親的人物形象還是不夠鮮明。但是，我知道她是個相當可憐的女性，以及知道她被一個不正經的騙子傷害。

但是，在川端母親的事件裡，我沒辦法替她做些什麼。

唯一能做的，只有盡快改善在班上蔓延的謠言。

為此能做的……一瞬間，佐倉充滿自信的臉浮現在我腦海。很丟臉，我能請求協助的人，只有過去以為是敵人的她了。

雖然不甘心，但佐倉很聰明，她應該會知道我和前田之間的事情為什麼沒有傳開吧。

只要成為謠言當事者，周遭的視線也會變得嚴厲。之前想著要是被誰看見我去見佐倉肯定會很麻煩，既然謠言沒有傳開，那也不需要如此擔心。

「我吃飽了，我現在要用一下廚房喔。」

我匆忙起身，邊確認冰箱裡的材料，在心裡發誓明天要去見佐倉。就拿好吃且好看的格紋餅乾當久違的賄賂品吧。

＊　＊　＊

「遠藤，好久不見。」

隔天放學後，我到舊體育館去見佐倉，她正「沙沙」動著鉛筆。素描本上的素描已接近完成。

「這個，請妳收下。」

我把親手做的格紋餅乾交給她之後，她終於看我，滿意點頭。

「今天看起來也好好吃呢！謝啦！最近你都沒有拿慰勞品來給我吃，我都瘦了耶。」

佐倉拍拍自己腰間，開始一口接一口地啃餅乾。

「和之前沒差多少吧？」

「不、不，可是瘦了一大圈耶。」

邊鬥嘴邊在佐倉身邊坐下，她像是想起什麼似地開口：

「話說回來啊，前幾天，我可是稍微對你改觀了耶。你是個在重要關頭也毫不退縮的男人呢。」

我心裡的盤算，似乎早被咧嘴笑著的佐倉看穿了，明明連西原和下田都沒發現耶。

「真難得妳會誇獎我耶。」

「之前不是也誇過你嗎，說你很有做點心的才華。」

「那是在誇我嗎？」

「是在誇你啊。」

邊看著「啊哈哈」大笑的佐倉，我認真詢問：

「我有件事想問妳，我和前田的事情，為什麼沒有傳開來啊？」

「啊啊，那個啊。」

佐倉一臉無言，接著邊嘆氣邊說：

「你啊，不知道是幸還是不幸，當不成你想像中的壞人啦。」

「欸？」

我那時的態度，應該相當過分才對耶？

在教室正中央對著女生破口大罵，罵哭對方後還當沒自己的事。我可是抱著被所有女生鄙視的覺悟站出來的耶。

「前田同學啊，本來就不怎麼受歡迎啦。」

「只有男生吧？感覺她女生朋友很多啊。」

「那是表面。只是因為她有很多八卦才被重視而已，其實真的喜歡她的人很少，而且也不知道哪天謠言主角會變成自己啊。」

佐倉乾脆地說。

我知道女生的世界比男生還複雜，一大堆莫名其妙的謊言，就表現出這一面。

「更直接地說，你說出口的話，幾乎是全班同學的想法啦。」

「是這樣嗎？」

「就是這樣。」

佐倉用力點頭後，又接下去說：

「這一次的事情，全班同學幾乎都是目擊者，對吧？所以就算前田同學一人再怎樣哀嘆她的不幸，只要班上同學都站在你這邊，你就不會被貼上渣男的標籤。別班同學問起來，大家都在替你說話呢。連不怎麼要好的人也是。」

該感謝大家嗎，還是該說困擾呢？……

「那反而是個佳話啦，佳話。你的評價上升了喔。大家隱隱約約都知道你和川端同學很要好，也發現你是為了她生氣。看見川端同學那副憔悴的模樣，應該也有很多人有『好像做過頭了耶』的罪惡感。這種時候，看見你義正詞嚴駁倒前田同學，大家也都想著『這傢伙不簡單耶』。」

佐倉說完後，還為我掌聲鼓勵。

「……以我的立場來說，只是希望就算自己當了壞人，也想平息川端的謠言而已。」

雖然很開心同學為我想，但把自己名聲弄臭對我而言，根本不算什麼。只要能減輕川端的負擔，這樣就好了。

看見我嘆氣，佐倉小聲說：

「真拿你沒辦法。為了向努力的遠藤致敬，就讓我助你一臂之力吧。」

隔天第二堂課，上美術課時。

課堂一開始，老師就要我們兩兩一組，為彼此畫素描。那之後，佐倉立刻走到川端面前，滿臉笑容對著她說。

「川端同學，和我一組吧。」

佐倉昨天對我說的作戰方法就是，「佐倉積極和川端建立良好關係」。

僅僅如此。

佐倉是好感度第一名的校園偶像。只要讓人有「她和佐倉很要好」的印象，對川端的惡劣評價自然會降低吧。至少「她殺了小林」這種充滿惡意的謠言不會再被提及。不想因為講這種話而被佐倉討厭，這就是粉絲的心情。

關於這個作戰方法，我也有個重要任務。那就是說服川端接受佐倉。

聽川端所說，她似乎不討厭佐倉，即使如此，她上次還是過度激動而引起爭執。要是這一次也出現相同狀況，那就賠了夫人又折兵了，所以佐倉要我事前先對川端說好。

「……嗯。」

看見川端輕輕點頭後，我鬆了一口氣。

今天早上，我在電車裡拚命說服川端，告訴她「為了改善現在的狀況，我們應該要利用佐倉」。川端雖然不知所措，但在走到教室時已經同意了。但我還是有點不安。因為川端不會說謊。她不會說出違背真心的話，可能因此引起爭執。而且最近的川端極為不穩，有著不知道會說出什麼話的危險氛圍。

「那，我們去那邊畫吧。」

佐倉非常親密地拉起川端的手，走到窗邊的桌子去。桌子是四人座，佐倉身邊坐著越前，川端旁邊是另一個和越前同為美術社的女生。大概是佐倉事前提過吧，她的兩個朋友對川端突然加入毫不驚訝，非常自然地和她說話。從旁人來看，和樂融融、開心對話的四個人，只是單純的要好四人組。

我拉著西原，自然地在隔壁桌坐下。窺探著隔壁桌的樣子，但不用明看也知道那邊的氣氛和樂。真不愧是佐倉。鬆了一口氣後，才終於有餘力好好觀察和我一組的西原。

「你還真不適合戴眼鏡耶。」

「喂！你別汙辱我的迷人之處啊。」

就在我和西原鬥嘴之時，狀況發生了。

「……感覺好懷念喔。」

突然說出這句話的人，是越前。她看著面對面攤開素描本的川端和佐倉，感慨萬千地說了這句話。

「欸？」

川端抬起頭，越前一臉「糟糕了」垂下眉角。

「啊，那個……我有點想到林林啦，川端同學和林林不愧是表姊妹，妳們的側臉很像——社團活動時，成美和林林常常面對面一起素描。」

看起來，越前似乎對自己提起小林感到相當不好意思。或許是佐倉事前要她們別提及吧，大概是太過感傷，不小心脫口而出了。

「……是、這樣啊。」

川端露出有點受傷的表情，小小聲說。

越前見狀慌張了起來，快口加上：

「林林在班上雖然有點怪，但她在社團完全不是那樣，開朗又有趣，就是個普通女生。總是和大家開心談笑、胡鬧，真的很快樂。成美和她特別要好，林林為了成美，真的是兩肋插刀，還當她的裸體模特兒耶。」

越前大概是想要藉著敘述和小林之間的好友情，拉近與川端的距離吧，但川端一語不發，毫無反應。

越前不知所措地看著佐倉求援。

「就是啊……」

就在佐倉吐出幾個字的瞬間，川端終於開口了：

「——殺了美沙的人，果然就是妳吧？」

她的聲音很小，連坐在後面的我們也幾乎聽不見。

其他邊聊天邊畫素描的同學們，應該沒人聽到吧。

所以僵住的人，只有和川端坐同張桌子的三個人而已。

「該不會裝作感情很好，和美術社的人一起欺負美沙吧？」

這聲音比剛剛大了一點。

沉默一陣子後，

「喂——」

出聲的人，不是佐倉也不是川端，而是越前。

「小越。」

佐倉阻止她，但越前沒停下嘴：

「我們可是好心想要幫妳耶，妳現在是在故意找碴嗎？」

越前語中充滿怒氣說完後，瞪著川端：

「林林會死掉全是因為妳，美術社的大家都這樣想。林林在學校裡之所以和大家處不好，全都是因為妳。都是妳說奇怪的話和大家起衝突，她為了袒護妳才總是被捲進紛爭裡。被覺得是怪人、被怨恨，全部都是妳的錯……林林肯定是太累了，所以才會那樣，去自殺。」

越前語尾幾乎不成聲，接著聽見她啜泣吸鼻子的聲音，她的眼中蓄滿淚水。

越前沒說謊。正如她所說，美術社的成員都認為小林的死，責任在川端身上。川端殺了小林這無憑無據的謠言之所以傳成那樣，大概也是小林身邊的人心中累積這類煩躁的關係吧。

佐倉那桌，再也沒人說話。

上完課後，到了午休時間。

我根本沒心思上課，滿腦子想著該怎麼安慰應該很失落的川端，但在社團教室裡喝咖啡的川端，出乎我意料外的一如平常。

「……遠藤同學。」

川端一看見我立刻微笑，指著桌上說「咖啡泡好了喔」。咖啡旁擺著砂糖包。

和川端共進午餐至今，已經將近一個月了。她也已經發現，我愛吃甜的，也只喝微溫的咖啡。

「謝謝妳。」

我在摺疊椅上坐下喝咖啡，溫度正剛好。

川端真的沒事嗎？

我想著這種事，隨意環視屋內，

「啊。」

忍不住驚呼。

我發現櫃子上的水族箱，四十公分的優雅空間中，和平常不同。我慌慌張張地跑近水族箱，嚇傻眼：

「這個，沒事嗎？」

唯一一隻雄金擬花鱸，有著鮮豔亮粉紅的魚，在水面上載浮載沉。

不知何時站在身後的川端，小聲說：

「……死掉了。」

幾天前就覺得牠沒什麼精神，沒想到竟然會死掉。

默默盯著仍然散發鮮豔色彩的魚，我發現自己意外地大受打擊。原來我喜歡這隻魚啊。

「那個啊，」

這時，川端突然顫抖著聲音說：

「我覺得果然是我。」

這太突然了，我完全無法理解話中之意。

一臉呆傻轉過頭去看川端，她顫抖著嘴唇：

「殺了、美沙的人……是我。」

表情認真斬釘截鐵說完後，川端又繼續說：

「……遠藤同學，你問過朝倉同學了吧？我是不是真的出現在那個町。而她說的是真的。就你的個性，你應該直接去問朝倉了，如果那是謊言，你應該會立刻對我說。既然連提都沒提，就是那麼一回事吧？」

川端盯著我，平淡說著。

只要稍微冷靜觀察狀況，就能立刻明白。川端很早以前就發現了吧。

「但那個……可能是看錯啊。我的力量沒有辦法知道事情的真相，頂多知道那個人是不是說真話而已……」

雖然我試著找藉口，但這跟我肯定她的猜測沒兩樣。

「班上同學、美沙的社團同學，大家都覺得是我殺的。那麼，肯定就是那樣……我之所以懷疑佐倉同學，大概是因為嫉妒。美沙死前，放學後也不來這裡了。她都和佐倉同學一起度過。早上也是，說要參加美術社的晨課，也不和我一起上學了。我好討厭這樣，無法原諒美沙有了比我更要好的人。我好不滿，明明我就只有美沙一個人。她明明就照顧我好多，是我最喜歡、最要好的朋友啊——是我殺了美沙，肯定是這樣。」

彷彿要說給自己聽，川端慢慢地說出口。

這段話不是謊言。

她自己也深信是她殺了最愛的好朋友。

川端當場跌坐地上，流下大滴淚水，小聲笑了：

「和你的午餐也到今天結束。我是會把喜歡的人弄瘋的討厭傢伙，因為不自覺，所以我無法控制啊。如果和我在一起，你也會……」

「川端，妳等等！」

我朝她伸手，但她用力揮開。

「別碰我！出去啦！」

「妳冷靜點啊。」

「我已經不行了！」

正當我想要阻止半發狂尖叫的川端，並握住她的肩膀時……

「嘰」一聲響起，房間的拉門被打開了。

佐倉就站在那裡。

「找你們找好久了。」

佐倉臉上帶著性感微笑，毫不猶豫走近川端：

「在學校到處走，還去問了西原同學之後，終於找到了。原來你們在這裡啊。」

小聲嘆口氣後，佐倉走到川端身邊，把臉極度貼近。

上一秒還又哭又喊的川端，驚訝地只能盯著佐倉看。

「──殺了小林同學的人，是我。」

佐倉斬釘截鐵說完後，小聲接著：「我把真相告訴妳吧。」

＊　＊　＊

「我想要一個唯我是從的模特兒，我很喜歡畫畫，大家也認同我的才華。為了要畫出把我的才華發揮到極致的美麗畫作，我需要一個理想中的模特兒。」

佐倉毫不客氣地走到房間正中央，在鐵腳椅上坐下，用著抑揚頓挫的語調闡述。大大方方的態度，完全不像兇手的自白，更像偵探小說中的名偵探。

她扮演適合對川端講道理的自己，執導著這個場面，川端完全被這個氣氛吞沒，屏息看著佐倉。

「小林同學是最適合當模特兒的人選，臉蛋漂亮，身材也好。而且還能理解我的想法，擺出最棒的姿勢。所以我們常常同組畫畫。小越剛剛也說了吧？——到此都很好。我們感情很要好，真的一切都很好。」

佐倉說到這裡，撩起頭髮，用力吐了一口氣。

輪流看了川端和我後，慢慢接著說：

「你們可能不知道，為了提升自己作畫的能力，就必須理解肉體構造，因

此，我需要裸體模特兒。所以，我拜託小林同學當我的裸體模特兒。」

可以感覺川端的表情有點緊繃。

佐倉看了一眼這樣的川端後，用鄭重的語氣繼續說：

「但她堅定地拒絕了。但我無論如何都希望她當我的模特兒……所以我對小林同學這樣說：『如果妳不同意，我就要討厭妳。』──妳也知道我在學校裡多麼受歡迎吧？如果想過著開心的社團生活，就只能和我維持良好關係。結果，小林同學心不甘情不願地接受了，只有一個條件。絕對不可以讓人看見她裸體……特別是露肚子的畫。」

佐倉迅速說完後，拿起我放在桌上的咖啡喝。「呼」地吐一口氣後，誇張聳肩：

「我隨便點頭說我明白了。我不知道這對她而言，到底是多重要的事情。不想讓別人看見自己的裸體，也是很平常的事情啊。」

川端沒有打斷佐倉的話，只是靜靜、直直看著她的眼睛。佐倉也毫不畏懼，回看川端一段時間後，才終於低下頭：

「所以，我毫不在意地拿那幅畫參展。又沒裸體也沒怎樣，只是稍微露出肚子而已啊，而且為了慎重起見，我還改了她的髮型。我想著，這樣就沒問題了。」

說到這裡，佐倉突然用力站起身。高漲的情緒染紅臉頰，語帶激動繼續說：

「雖然看見小林同學很是狼狽嚇了我一跳，但我同時也很無言。就只是那樣而已，有什麼好吵的嘛！——畫失蹤時，我也立刻懷疑小林同學了。因為根本沒想到會是川端同學偷的。那是我的自信之作，我無論如何都要拿回來，所以就和之前一樣威脅她，硬討回來了。我也不覺得自己有錯！」

佐倉的聲音越來越大，最後幾乎是大聲吼叫。

她用力吐一口氣，調整音色後，再次開口：

「畫如期在川廊展示，但小林同學肯定討厭極了吧……展示後沒幾天，她就自殺了。」

佐倉淡淡說完後，靜靜加上一句：

「這就是全部。」

接著緊緊盯著川端，深呼吸一次後，深深低頭：

「對不起。」

佐倉抬起頭後，非常不甘心地皺起小臉。

「不管怎麼想都是我的錯。但是，我真的不知道把她逼到那種程度……到目前為止都完美做好每件事的我，直到現在也無法相信，我會把人逼到那種程度。我不想承認是我的錯。但是……」

佐倉一度停止說話，這才死心垂頭喪氣：

「讓川端同學承擔責任是個錯誤，這麼一想，我就決定要說出實話。」

佐倉雖然坦白自己的錯，卻有著高高在上的態度。肯定是為了讓川端可以輕易地向她發洩怒氣吧？川端可能會破口大罵，甚至是打她一拳，她絕對已經做好了覺悟。

但是，川端什麼也沒說，只是、只是呆呆盯著佐倉。

佐倉像在等待川端的行動，站在原地一段時間，但過了一會兒，放棄似地嘆了一口氣，偷偷看我一眼。「再來就交給你了。」她的眼神似乎這樣說著，我輕輕點頭。

佐倉如她造訪時一般，堂堂正正地離開房間。

聽不見「啪踏啪踏」的室內鞋聲音後，川端仍神遊了一段時間，過一陣子，才像想起什麼，慢慢轉頭往後看。

川端的視線前方是水族箱。

昏暗房間中，在燈光照射下閃閃發亮的水族箱。

雄金擬花鱸死了。

不知道到底知不知道這件事，雌魚仍然在水族箱中悠游，泳姿與先前無異地優雅。

川端搖搖晃晃起身，一語不發地看著水族箱。

「我們把牠埋在中庭裡吧？」

我一問完，川端靜靜點頭。

第四章／滿滿砂糖的溫咖啡

隔天，我一大早就隨著船隻搖擺。今天是母親的忌日。平常都只有祭拜而已，但今年是第十七次忌日，似乎是個重要的時間。加上恰巧週六，所以父親租了一艘小船，計畫要到撒下母親骨灰的地點獻花。

「好天氣真是太棒了。」

父親不輸給「噗噗」作響的引擎大聲說道。在那之後，只是靜靜看著大海的父親，或許是在回憶亡妻吧。

幾乎沒有母親記憶可以回憶的我，想起了昨天的事情。

埋完雄金擬花鱸，過一段時間後，川端問我：

「……佐倉同學說她殺了美沙，是真的嗎？」

佐倉坦白的內容，是全面肯定川端主張的內容。但是，至此一概否認的佐倉在這個時間點承認也太奇怪了。川端也知道佐倉是個騙子，會懷疑她說出口的話，想向能判別謊言的我確認也是理所當然。

「——是，」

一段沉默後，我輕輕點頭。

「那是佐倉的真心話。」

我說完後，川端仍舊一臉困惑地說：

「我明明想要把所有罪行推到佐倉同學身上啊……但當她真的這樣說，我卻無法相信。」

我感覺這句話中，不包含憎恨佐倉的意思。那是混雜驚訝與安心，有點鬆了一口氣的聲音。

那天，把彷彿在做夢，有點發呆神遊的川端送回家後，我思考著佐倉的事。

——殺了小林同學的人，是我。

佐倉那句話並非謊言。

但是……除此之外，她所說的全是謊言。

不管是裸體模特兒的事、新的畫作、小林自殺的理由，全部都是佐倉創造出來的故事，她只是充滿臨場感地闡述而已。

即使如此，佐倉確實對小林之死抱有罪惡感。

甚至讓她真心說出「我殺了她」這種話。

為什麼佐倉會這麼想，以及她為什麼不肯說出真相，我完全不理解。但是，已經可以預料，不管我怎樣拜託，她都不會對我說出真相。要想從佐倉口中問出真相，只能靠我揭穿她的謊言了。得要創造出佐倉不得不說的狀況才行。

但是，我真能辦到嗎？

就算知道佐倉在說謊，要是她蒙混過去就到此結束了。

或許從她的話中找出矛盾是個好方法，但她滿嘴謊言啊。真話少到根本無法找出真相。

川端主張是佐倉殺了人；佐倉畫的大海畫作；和美術社成員間的互動；以及，佐倉的謊言……不管怎麼想都只讓腦袋越來越混亂。我深深嘆了一口氣，此時。

「正樹，到了喔。」

父親喊我，我才回過神。

船不知何時停下來了。引擎聲停止，頭上傳來海鷗「歐歐」叫聲，我探出身體探看大海，那是看不見底的深藍色。我還是第一次離岸邊這麼遠，感覺有點恐怖。

十七年前，父親就是在這與母親道別。

「拿去，把這個撒下去吧。」

父親從帶來的包包裡，拿出兩個掌心大小的盒子，把其中一個交給我。打開蓋子，裡面有各種顏色的花瓣。眼角看著困惑的我，父親如餵錦鯉般，毫不遲疑地將花瓣撒進大海。我邊看著隨風飄落海面上的花瓣邊模仿父親，用力撒出花瓣。紅、粉紅、黃，鮮豔的花瓣在藍色大海上漂蕩，這幅光景非常美麗，華麗到與其說是追悼，更像是在慶賀。

撒完全部的花瓣後，一往旁邊看，只見父親正傾倒水壺，把裡面的黑色液體潺潺往海裡倒。液體才接觸水面，立刻融入海水消失。這一點異物，立刻就會被巨大的海洋吞噬吧。

「要喝嗎？」

大概是發現我的視線，父親朝我遞出水壺。往水壺裡看，殘留底部少許的液體，散發出咖啡的香氣。我接過水壺，一口氣喝光剩不多的咖啡。甜膩地纏在喉頭，不燙舌的溫咖啡，是我喜歡的咖啡。

「可以把這種東西倒進海裡嗎？」

「沒問題吧。滿滿砂糖的溫咖啡，媽媽很喜歡。若不是這種時候，也沒辦法給她喝啊。」

我不禁露出笑容，一直都不知道，我對咖啡的喜好似乎和母親相似。

看著大海的父親，表情溫柔到驚人，明確傳達出，他到現在都深深愛著十七年前過世的母親。以前常常見到他這個表情，大概是沒有稱得上對話的對話一段時間了，這令我無比懷念。

「……爸爸，你喜歡媽媽什麼地方啊？」

會這樣問，大概是因為我想川端和佐倉的事想破頭，想要找個悠閒又和平的話題吧。但是，至今連日常對話都避開的人，突然提出這種深入的問題，總覺得有點尷尬。看著父親的表情，讓我錯覺回到過去，才不小心脫口而出，我或許失敗了。

「啊，對不起，突然問這個。」

我苦笑著圓場，但父親毫不在意，說著「這個嘛」，手托下巴開始思考。

「和她在一起，能夠放鬆吧。」

過一會兒，父親說出這句話，咧嘴一笑，又再次把視線拉回大海，接著靜靜閉上眼。

我也模仿父親默禱，腦海浮現過去在錄影帶上看見的母親身影。

「那麼，我們回去吧。」

一段沉默後，父親這樣說著，對駕駛座上的駕船伯伯說：「已經好了，請出發吧。」嘈雜的引擎聲「噗噗」響起，小船用力開動。看著切分大海前進的樣子，我再次對父親說：

「——和媽媽在一起可以放鬆，感覺好厲害喔。」

母親和我一樣能看穿謊言。和這樣的她一起生活，別說放鬆了，應該無比緊張吧。因為，完全無法偽裝自己啊。

「才沒那回事，爸爸和媽媽在一起的時候最放鬆。」

我側眼看著若無其事如此說話的父親，想起了川端。

前幾天，我對川端坦白自己的力量，是為了表明絕對要幫她的決心，現在回想起來，還真是個大膽的行動啊。說謊絕對會被看穿，這對對方來說，是多麼大的壓力啊。就算被閃躲也是無可奈何，所以至今我沒對任何人說過。川端是個不說謊的女生，所以沒這層困擾，即使如此，還是可能會覺得噁心而迴避我啊。

真虧母親願意對父親坦白自己的力量呢。

父親和川端不同，不是不說謊的人，反而是……

思考至此，父親說了一句：

「爸爸，是個騙子啊。」

沒錯，父親常常說謊。因為知道會被我看穿，所以很少對我說謊，但他卻常常對身邊的大人說謊。名為社交辭令的謊言、炒熱氣氛的謊言、不願傷及對方的謊言。其中沒有惡意，所以，我一點也不討厭父親的謊言。沒錯，當時，我對謊言沒有任何厭惡感。

不管怎樣，要對滿口謊言的父親坦白自己能看穿謊言，應該需要很大的勇氣。而接受這個力量，還說出「能放鬆」的父親的心情，我完全無法理解。

「從某種角度來想，騙子是爸爸個性的一部分了，就算想改變也無法改變，已經根深蒂固了。」

父親難為情地搔搔頭，偷偷看了我一眼。

「我沒打算說謊言是好東西。但是，爸爸不會為了騙人而說謊。是因為不想讓對方難過、想讓對方開心，不小心就說謊了。所以，至少不是讓身邊人討厭的人。但是，謊言說多了，自己的心也會變得不安定。因為說出和心意相反的話，這也是當然……遇見媽媽那時的爸爸，除了家人以外，沒辦法表露真正的自己，拚命要穩住自己不安定的心——所以，媽媽對我坦白她可以看穿謊言時，

『在她面前可以不需要說謊啊』，我鬆了一口氣。」

父親瞇起眼睛，相當懷念說著。

我看著這樣的父親，恍然大悟。

一直以為被別人知道後會被疏遠的這個力量，竟然有人正面接納了，嚇我一大跳。

但連這樣的父親，現在肯定也覺得我的力量很恐怖。我和父親之間演變成無法輕鬆對話的關係，都是這個力量的緣故準沒錯。

大概不知道我心中有這種埋怨吧，父親表情溫柔到嚇人地對我笑著說：

「人這種動物，看似堅強，其實很脆弱。沒辦法一直繃緊神經生活。需要一個能坦露真實的自己，放鬆一下的地方。只要和媽媽在一起，爸爸就可以當真正的自己。」

「那，媽媽離開的現在，你很辛苦吧。」

「沒事，只要想到媽媽，我隨時都可以找回真實的自己，而且現在，我有正樹啊。」

和滿臉笑容的父親對上眼，我不禁困惑。

以前也就算了，現在我和父親間幾乎沒有對話。不需要小心翼翼說些根本非真心的話，嗯，這種關係說是真實不偽，也是真實不偽啦……

此時突然浮上心頭的，是佐倉說的話。

——能毫不介意讓對方看見自己的不開心，是因為打從心底相信對方啊。

聽她那麼說之後，我第一次發現，我在父親面前完全沒有偽裝。

一切都很平凡的我，也有著和人同等的自尊心。希望盡可能讓別人覺得好，不希望被討厭、希望被喜歡。所以才沒辦法和母親、川端一樣，完全不說謊。但令人驚訝的是，我在父親面前完全沒想過這種事。

根本不知道我和父親關係的佐倉理所當然地指出這點，讓我相當不甘心，而且，我在那之後思考了無數次，無比想證明這不是「相信」這類漂亮的情緒。

結果，我找出來的答案，我之所以能在父親面前毫無偽裝，是因為有著，就算他再怕我、再疏遠我，我和父親不管到哪都是家人的想法。

而讓我和父親成為家人的，是母親。是愛父親、愛我的母親。只要我是她的孩子，父親就絕對、絕對不會拋棄我。

而父親也相同，知道我絕對不會拋棄父親。不管我們關係怎樣改變，父親都是我的父親，我們是相依為命的家人。

這肯定是身為家人的最低條件。

佐倉應該也是這樣吧？

為什麼她連在自己的家人面前，也得要偽裝自己呢？

她真的有能讓她坦露真實自己的地方嗎？

「你覺得，如果一個人無論何時，在任何人面前都偽裝自己，他會變成怎樣？」

我一問，父親乾脆回答我：

「沒有人可以一直偽裝自己。不是過去曾有讓他信賴的人，就是他在獨處的時候才能放鬆吧。埋首興趣之類的時光，也是能當個真實自我的時間啊。」

佐倉的興趣……這麼說來，就是畫畫囉？

我想起佐倉開心畫素描的身影。

我對繪畫不熟悉，但知道她的畫相當棒。

佐倉的畫，有著吸引人心的什麼東西。

蝴蝶翩翩飛舞的海岸線；以大海為背景，燃燒著鬥志佇立的女孩；站在帶葉櫻花上，吹響小喇叭的高中女生。

她的畫作魅力，是在哪裡呢？

是明明相當美麗，實際上根本不可能出現的風景，卻有著無比現實的地方嗎？

思考至此，我產生小小的怪異感，有什麼東西卡住了，感受魚刺哽在喉嚨的噁心感覺，無論如何都想找出怪異感——在此時，父親探頭看著我的臉：

「如果沒有能展露真心的對象，那他可能連自己都不明瞭自己了吧——正樹的周遭有這樣的人嗎？你的朋友嗎？」

朋友。

聽見父親吐出的單字，我忍不住大吃一驚。

佐倉是我的朋友嗎？

兩人第一次單獨對話時，我直言我討厭她，那是毫無虛假的真心話。

但是，在舊體育館後側，埋在雜草堆中相處的時光，肯定拉近我們的距離。

我稍微猶豫後，輕輕點頭：

「……嗯。」

佐倉雖然在教室裡展現完美演技，但和我獨處時意外地少根筋，滿是漏洞。上一秒才用著嬌媚的語氣說話，下一秒就擺出大剌剌的老大姊態度，偶爾也會露出讓我懷疑我看錯的孩子氣的一面。

我不知道哪個才是真正的佐倉，或許每個都不是。

但是，確實有些瞬間，令我覺得窺見真正的佐倉。

舉例來說，吃著點心時毫無防備的表情，彼此說玩笑話時露出的笑容，還有她在素描本上滑動鉛筆時的認真眼神等等。

雖然知道她是超越我想像的好傢伙，但我還不知道真正的佐倉到底是怎樣的人。或許，連佐倉本人也不知道吧。

如此一想的瞬間，不可思議的，感覺第一次靠近佐倉一點。

「正樹的話，可以幫上那孩子喔。」

父親大概察覺了什麼，柔軟一笑。

我想幫的人不是佐倉而是川端，那個與母親相似，不說謊的川端。如果為了幫川端，愛說謊的佐倉會怎樣都與我無關。

原本是這樣想的啊……

「我能辦到嗎？」

我現在，好想要幫佐倉。

如果只是為了川端想，就繼續讓佐倉當演員就好了。

川端既能擺脫罪惡感，也可能因為找到憎恨對象，而湧出活力。所以不需要繼續追求真相了。

但我想，找出小林死亡的真相，從佐倉口中問出真相，或許不是幫忙川端，而是能幫上佐倉。

雖然不如在教室中，但佐倉在我身邊還是很緊繃，這讓我有點不甘心，我想為佐倉創造出可以放鬆的地方。

只是隱約想著的想法，此時第一次變得清晰明瞭。

「噗噗」巨響後，船在港邊停下。

「能辦到的。」

父親說完後，拍拍我的肩膀。

好久沒和父親有如此和樂融融的對話了，這或許也是託母親的福吧。下船那一瞬間，我轉過頭看大海，有條魚彷彿看準時機跳出水面。

「要不要稍微走點路到百貨公司？」

在附近百貨公司裡，景觀很好的中華料理店吃午餐，是母親忌日這天的既定行程。因為有點距離，每次都坐計程車去，但父親心血來潮如此提議。

「好啊。」

我點頭後，父親開心地笑了。

邊看著父親一句接一句說著「天氣也很棒，真舒服呢」、「正樹已經肚子餓了嗎？」之類無關緊要的話，我想著「母親為我們創造出來的這個和樂氣氛，似乎還能再多延續一會兒」，而感到有點害臊。

如佐倉所說，我心裡或許有哪處還相信、期待著父親。

相信著有「後悔讓母親生下我」想法的父親。

之所以會無論如何都無法原諒那句話，是因為到那時為止，我完全相信父親愛著我。雖然不知道父親是哪時開始後悔，但聽見那句話之前，我從不曾懷疑過父親。我們是父子，我以為父親愛我的理由有這個就足夠了。

比起那時，我已經長大許多。也不認為父親的愛是全部。但是……不能期待父親。

我能相信的、能當成心靈依歸的，只有母親而已。

從某層意義上來看，死者也是永恆。父親的心情可能會變，但母親已經不可能改變了，因為她是愛著我過世。

「嗡嗡」汽笛聲打斷我們的對話，接著換我提問：

「你可以說說媽媽的事情嗎？」

這是個適合忌日的話題，要是錯過，或許再也沒有詢問的機會了。

「媽媽的事情、啊。」

父親瞄了大海一眼，彷彿母親就在那裡，接著一臉懷念瞇細眼睛。

「那我說說我和媽媽剛開始交往的事情吧？」

「嗯。」

我雖然點頭，也有點驚訝。

能想像父母交往契機的傢伙應該很罕見吧，我家的狀況又更加複雜。不說謊的母親，和滿口謊言的父親。剛剛已經聽過父親喜歡上母親的理由了，但我更加不能理解母親為什麼喜歡父親。母親應該相當厭惡謊言，為什麼會喜歡上父親呢？

「我和媽媽是在高二認識，正巧和現在的正樹同年。爸爸和媽媽是同班同學，雖然沒特別要好，但因為一件事情，一口氣縮短距離。」

我在腦海想像，和我同年，十七歲的父親與母親。父親和我長一個樣，一點也不難想像，但母親就難了。

「一件事情？」

「對，班上出現竊案。有個女生說她很珍惜的手錶被弄壞了。剛好在體育課後，所以班上出現了中途離開的學生，也就是爸爸和媽媽其中之一是兇手的氛圍。但爸爸和媽媽都只是受傷去保健室而已。那個女生大吵大鬧，在教室正中央大聲指責爸爸和媽媽，我們兩人當然都否認了。」

不管哪個時代，學校裡都會發生麻煩事件。如果我們班上發生相同事件，肯定會有類似發展。明明沒證據卻自以為是地認定兇手是誰，大吵大鬧，那女生大概是類似前田的類型吧。

「我之前也說過，媽媽是很老實的人。大家都知道她很老實，但這也讓她在班上有點格格不入。而爸爸呢，就跟我剛剛說的一樣，是個騙子，但是大家都喜歡我……老實人和騙子的話，你覺得大家相信誰？」

沒人相信喊著「狼來了」的孩子，說謊不知羞，長大當小偷。

舉起古老流傳至今的教誨例子，相信母親才是正確吧。

……但是，現實通常不如教誨發展。

「爸爸，對吧？」

我一說完，父親用力點頭。

把狀況套在自己班上想，就一目了然。如果老實人川端和騙子佐倉吵起來，幾乎全班同學都會相信佐倉的說詞吧。人類是種想要相信自己喜歡的人的生物，理由什麼的，晚一點再勉強安一個就好了。

「那女生說，只要媽媽老實道歉賠償，就不把事情鬧大，但媽媽沒道歉。大家相信爸爸，爸爸或許只要坦率感覺開心，然後放著不管就好了。但是爸爸啊，知道媽媽是很老實的人啊。」

「然後呢？怎麼了？」

「爸爸袒護了媽媽，對大家說『她怎麼可能說謊，真要懷疑，我比較值得懷疑吧？』聽到這句話，班上同學都笑了。但那女生更生氣，開始講我們兩個該不會是共犯吧，那真的是頭痛了。」

真不愧是將來成為警官的人，父親的正義感從那時就存在了呢。

「然後結果怎樣？」

「結果，導師來之後就停止繼續找兇手了。大概是聽到要不要報警而害怕起來吧，那女生一下就坦白自己說謊。因為把父母給的貴重手錶弄壞了，所以想要怪罪到誰身上。」

父親大概想起當時的事情吧，露出苦笑。

「但爸爸和媽媽也因為那件事開始交往，現在回想起來，那女生是我們的邱比特呢。」

父親愉悅地格格笑著，又接著說：

「爸爸其實從很早以前就很在意媽媽，對謊言脫口而出的爸爸來說，總是不虛假的媽媽是憧憬的對象啊。所以那件事後，媽媽問我『為什麼要袒護我？』時，我就鼓起勇氣對她告白，說『因為我喜歡妳』，就是青春的感覺吧？」

我曖昧點頭回應笑得得意的父親，想著，當我長大成人，也能和父親一樣，把現在發生的事情全當成「青春」來講嗎？

我想要幫助川端一事、和佐倉在滿是雜草的廣場共度一事、和西原及下田的打鬧，將來有天，全都會變成懷念的回憶嗎？

「然後啊，媽媽也說『我也很在意你』呢。」

聽著父親開心地說，我不禁發出「欸？」的疑問。

如果以這件事為契機對父親產生好感，這還能理解。雖然是個騙子，但袒護自己到這種程度，會被吸引也不是不可能。

但是，突然冒出「我也很在意你」是怎麼回事？

「沒必要那麼驚訝吧？」

「不是啊，媽媽之前就喜歡爸爸了嗎？」

我緊緊盯著滿臉笑容的父親看，長得一個樣的我來說這句話有點悲傷，但父親不是個能靠外表喜歡上的帥哥啊。

「之後問了才知道，媽媽說她喜歡我會說溫柔謊言的地方。」

這也就是說，媽媽不討厭謊言囉？

「問你喔，媽媽啊……為什麼不說謊啊？」

仔細想想，我似乎沒有認真問過其中的理由。

不願意說謊，除了討厭謊言外，我想不出其他理由。

「——她說，因為不公平。」

出乎意料外的回答嚇到我，我鸚鵡學舌反問：

「公平？」

「媽媽說，自己能知道別人有沒有說謊，別人卻不知道自己說謊。像在欺騙對方的感覺很討厭，覺得這不公平。」

爸爸不加思索說完後，嘻嘻笑著。

「爸爸和媽媽交往後沒多久，媽媽就告訴我她的力量。那時媽媽說著『對不起，我一直都知道拓也在撒謊，但都沒有說出口』向爸爸道歉，但爸爸剛剛也說了，我反而覺得很開心。我說完後，媽媽鬆了一口氣對我笑。」

我到目前為止，都覺得母親不說謊是因為和我同樣討厭謊言。深信她憎恨著麻煩、複雜、傷害自己的謊言。

但是，母親說她喜歡父親的謊言。

眼角看著混亂的我，父親心情極佳地繼續說：

「我們那之後超級相愛，我有自信，肯定是大家欣羨的情侶。大學畢業後馬上結婚，爸爸想要早一點有小孩。大概是雙親感情不太好吧，一直想要有個感情很好的家庭。所以，媽媽懷你的時候，我真的好高興。」

父親這段話，輕易闖入我仍不平靜的心中，漸漸擴散。

這個，無庸置疑是父親的真心話。

也就是說，我打從一開始就是受期待的孩子。

人心很複雜。可能同時存在相反的情緒，想法也會每天都出現改變。就算他幾年前疏遠我，現在或許……

「——欸，爸爸，」

我忍不住脫口而出。

「你不後悔讓媽媽生下我嗎？」

看我突然一臉認真如此問，父親嚇了一大跳。

一段時間，陷入沉默。

「……那個啊，正樹……」

「還是當我沒問！」

我打斷父親的話，快步向前走。

看見父親不知所措的表情時，我突然害怕聽見他的答案。

我和母親不同。

已經不想再聽見父親的謊言了。

抵達中華料理餐廳時，父親立刻向服務生點菜。父親吃麻婆豆腐，我吃乾燒明蝦，另外點個一個人吃不完的大蛋花湯，兩個人分。每年點的東西都一樣，所以也不用討論。大概是已過用餐時間，店內到處都是空位，除了我們以外，只有一組帶著小小孩的家庭。多虧如此，料理馬上就上桌了。

母親創造的奇蹟時光已經結束，沉重的沉默再度降臨我們之間。因此，隔壁天真吵鬧的孩子笑聲，聽起來特別刺耳。但是算了，這也只是一如往常。

我不太在意，享用著彈牙的明蝦，父親慢慢拿出一張傳單放在桌上。我還想說他在入口附近看什麼，原來是這個啊。

「今天，這間百貨公司的展覽場裡，似乎正舉辦這個町的海景攝影展，要不要去看啊？」

攝影展的名稱是「青濱町民攝影比賽」，似乎並非職業攝影師的展覽，而是向町民們徵求作品。我和父親都很喜歡這個鎮上的大海，也沒拒絕的理由，我點頭後，父親開心地笑了。

三樓的展示會場裡，布置得相當慎重，入口附近有解說青濱大海的特徵及青濱町歷史的看板，接下來展示著風情各有不同的許多大海照片。

順著行進方向走，一張照片映入眼簾。

「……這個。」

我忍不住喊出聲，走在身邊的父親也停下腳步。

「真罕見，是海霧的照片呢。」

背景是渾圓的朝陽。染成一片橘紅的大海上，浮著如雲朵般的東西。一整片靄，帶著比大海更亮的橘色溫暖光線，淡淡在水平線上閃耀著。

「──海霧？」

「是啊，這個靄就是薄霧。大多都是移流霧……就是溫暖潮溼的空氣碰到冰冷水溫後形成霧的現象，大多都出現在北方。這附近幾乎都是蒸發霧，當大氣溫度比水溫更低時，產生水蒸氣而出現的霧。這相當少見呢，真虧他能捕捉到這瞬間啊。」

父親語氣充滿佩服，但我腦海中是完全不同一件事。

「也就是說，這是天氣冷時才會出現的現象囉。」

「是啊，多半都是冬天。很寒冷的清晨才會出現這種現象，真的相當罕見。爸爸也還沒看過一次呢。」

「……這樣啊。」

照片拍攝的日期是，三月一日。

小林過世那天。

不理呆呆盯著照片看的我，父親繼續緩慢前進。

過一會兒，我才慌慌張張追在父親身後，但我已經沒有心思欣賞照片了。

照片，和佐倉筆下小林的畫十分相似。

川端說，那幅畫是佐倉在放學後、傍晚時請小林當模特兒畫的畫，佐倉也將畫命名為「夕陽與少女」。

但是，並非如此。

那是以朝陽為背景畫下來的素描。

看似從小林身上散發出來的靄，並非將鬥志呈現出來的東西，而是發生於大海上的海霧。

我發現了。

在船上感受的怪異感的真面目。

川端第一次談論佐倉的畫時，讓我心中有疙瘩的東西。

佐倉描繪的並非幻想畫。

而是眼前所見的風景畫。

佐倉不畫看不見的東西，或許，是畫不出來。

「爸爸，你有看過在海上飛的蝴蝶嗎？」

「有啊，你是說大絹斑蝶吧？」

我第一次看見佐倉的畫時，完全不覺得那是幻想畫。

因為，我實際上看過好幾次蝴蝶在海上翩翩飛舞的畫面。

「大絹斑蝶？」

「水藍色翅膀的漂亮蝴蝶對吧？據說是會渡海遷徙的蝴蝶。雖然不清楚理由，但相當浪漫呢。」

「是這樣啊。」

川端先入為主以為不可能有蝴蝶在海上飛，所以才會說佐倉的那幅畫是幻想畫，而對大海不熟的其他眾人也相同。

沙灘上的垃圾，也不是想要呈現出「漂亮風景與汙穢現實的落差」的高尚表現。那只是忠實呈現在她面前的風景而已。只是賞畫的人擅自膨脹想像而已，實際上相當單純，會感覺現實也是理所當然。

她現在在畫的吹奏小喇叭的少女的畫也是相同。

在旁邊看的我，知道她是縮在溝渠裡，蹲下來壓低視線，利用透視法才好不容易描繪出眼前的風景。但只看到成品的人，大概會異口同聲說「真是幅充滿春意的幻想畫呢」吧。

小林那幅畫也相同，湧出的鬥志只是單純的自然現象，海霧。

如此一來，就有另一個問題。

那個少女的長髮。

小林留著女生少見的超短髮，如果佐倉畫著親眼看見的風景，那該不會是……假髮？如果是這樣，又是為了什麼？

想到這裡，我恍然大悟。

川端口中的「非常羨慕」。

將清晨海洋偽裝成夕陽這點。

朝倉的目擊證詞。

那時，拼圖完美拼湊起來了。

「……原來、是這樣啊。」

「正樹？你怎麼了？」

大概是擔心坐立不安的我，父親開口問。

「不……我沒事。」

我含糊笑著，想起父親剛剛說的話。

——沒人可以一直偽裝自己。不是過去曾有讓他信賴的人，就是他在獨處的時候放鬆吧。埋首興趣之類的時光，也是能當個真實自我的時間啊。

滿口謊言的佐倉，或許是靠著畫畫，勉強保有自我。

所以，她絕對不會對自己畫的畫說謊。

忠實畫下眼前所見的風景，或許就是她的放鬆方法。

展覽的最後一張照片，是獲得首獎，渾圓月亮在海上蕩漾的照片。是我熟悉的青濱大海。看著那有點寂寥的光景，我在心中決定，週一要去見佐倉。

＊　＊　＊

「遠藤，我就知道你會來。」

週一放學後，佐倉一如往常坐在舊體育館後方。

「……佐倉，我有事情想對妳說。」

「好、好，我大概知道你想要說什麼啦。川端同學，完全恢復精神了呢。如果這樣你還要來跟我抱怨，就有點那個了喔。」

雖然她笑著，眼神卻沒有笑意。

佐倉應該也不認為，我會沒發現，那時她全盤承認川端主張的那番話，根本沒一點真，只是安慰川端的謊言而已吧。

但川端的精神因而安定是不爭的事實，加上謠言也平息了，今天早上的川端比上週末更加開朗。午休時也完全沒提到小林，開心說著流行的連續劇及新課題的事情。

但我，現在並非為了川端，而是想為了佐倉說。

我想，藉由告訴他人真相，可以拿開佐倉心中的枷鎖。

因為我希望她能在我身邊稍微放鬆。

「小林打扮成川端，大概是戴上假髮、化上模仿妝容，清晨時分在青濱町閒逛。而在那之前，妳就和小林在一起。為了隱瞞這一點，妳才會說那幅畫是畫夕陽吧。沒錯吧？」

佐倉一句話也沒說，但我確定了。

朝倉沒有說謊。那天，小林過世那天，朝倉看見打扮成川端的小林，以為那就是川端。我不知道小林出現在青濱町的理由，也不知道她為什麼要打扮成川端。但是，朝倉看見小林後，她就這樣死在青濱町了。

「那天早晨，青濱灣出現一個罕見現象，海霧。佐倉筆下的小林，就是以海霧為背景，打扮成川端的小林吧。」

「……為、什麼。」

佐倉沒有肯定，但從她鐵青的表情與乾澀的聲音可以得知。

我的推論很正確。

「大家都以為妳喜歡畫幻想畫。但事實並非如此，妳只會畫妳看見的景色。我發現了這件事。」

佐倉稍微猶豫後，緊緊盯著我看。

「那又怎樣？我照著川端同學的期待，坦白自己的罪行了。然後她也打起精神來了，你還想要我怎樣？」

佐倉滔滔不絕地說著，那不是她在教室裡的可愛模樣，也不是有點性感的壞女人角色。只是個普通的女生。

「小林對川端來說，是比誰都親密的家人、唯一的朋友，是相當特別的存在。但那對妳來說也相同吧？」

佐倉說小林是她的「同類」。

「對妳來說，小林是唯一一個可以展現真實自我的人。對妳來說，小林也是特別的存在，對吧？」

——會崩潰喔。

父親這樣說過。

佐倉與川端相同，都因為小林之死大受打擊。

與找到情緒出口的川端相較，現在就快要崩潰的人，是佐倉。

佐倉一個人把小林之死的真相藏在心裡。

然後，不斷自責。

「告訴我吧。」

佐倉只是抿緊嘴脣，貫徹無語。

「如果妳繼續自己藏下去，妳就會一直自責。妳明明就沒錯，卻得要一直痛苦下去。我……我不想看到這樣。」

佐倉看著我一段時間後，才終於開口：

「為什麼……要理我？」

我緊緊盯著撩起長髮，輕輕吐一口氣的她，明確對她說：

「因為，妳是個超棒的傢伙啊。」

佐倉一臉驚訝，一段時間後，露出又哭又笑的表情：

「那什麼啦。」

看著顫抖聲音小聲說的佐倉，我再次想著。

佐倉真是個了不起的騙子。

因為她不是為了自己，而是為了他人說謊啊。

知道母親不討厭謊言的那時，我至今深信不疑的東西一瞬間全崩毀了。

我以為，能理解我的人，只有擁有相同力量的母親。所以，我以為母親討厭謊言，而鬆了一口氣。想著「傷我那麼深的謊言，果然是該厭惡的東西」。

但是，或許我心中早有一個角落發現了。

發現謊言並非絕對的惡。

能看穿謊言的我，比一般人知道更多骯髒的謊言。為了自己利益撒的謊、為了欺騙他人撒的謊、為了優越感而高聲談論的謊言、失敗遭責備時，為了找藉口的謊言，以及拉攏身邊人的謊言。

也因為如此，我也知道了美麗的謊言。因為貼心，不想傷害對方而說的謊以及保護著誰的謊言。為了炒熱現場氣氛而說玩笑話，被拆穿也無所謂的謊言。

謊言不過只是個手段，是好是壞全憑說謊的人。

所以，母親才會喜歡上父親。因為她知道，要想說出溫柔謊言，就需要一顆溫柔的心。

狼少女的佐倉，是每個人都喜歡的人氣王。

佐倉的謊言，總是為了誰而說。不是特定人物，而是身邊所有的人。她的所在之處之所以氣氛開朗，是因為她總是貼心為身邊人著想。

我至今根本不想相信，會有人因為這種理由說謊。

因為我想要把謊言當作惡。

而且我在班上稱得上要好的人不多，想要溫柔對待的人也很少，是想著「其他人管他去死」、無情，某種意義上來說標準想法的人，所以至今，只能用對佐倉的溫柔視而不見的方法看她。

但是，我現在想要明白承認。

佐倉是個好傢伙，是我認識的人當中，最溫柔的女孩。

讓這樣的她背負小林之死的責任，是個錯誤。

「明明前不久才說討厭我耶，我想說反正你都討厭我了，我也擺出該有的態度面對你耶，突然說我是個好傢伙，這是……」

我仔細看著嘴上碎碎念抱怨，但似乎相當開心說著這些的佐倉，開口說：

「……我啊，可以看穿謊言。」

坦白這件事，是我下的賭注。

和對川端坦白的狀況完全不同。川端本來就不說謊，就算知道我的力量，能想像她幾乎不會有什麼想法，能相信我們的關係也不會有改變。但是，總是在說謊的佐倉知道我的力量後……被她疏離、保持距離的可能性極高。

但是，如果她和父親相同，已經對充滿謊言的日子疲倦，正在尋找能讓她放鬆的地方的話……

——所以，媽媽對我坦白她可以看穿謊言時，『在她面前可以不需要說謊啊』，我鬆了一口氣。

父親可能是特殊狀況，因為他原本就對母親有好感。

但是，即使如此，如同父親遇見母親後心情變輕鬆一樣，如果佐倉也覺得和我共度的時光能放鬆的話，我想賭這一把。

「欸？」

佐倉一臉「突然說這是什麼啊？」的困惑表情。

「不是魔法還超能力那種誇張、特別的東西，只是和眼睛很利、手很巧這類相似，大概是體質吧……總之，因為這個力量，我很討厭謊言。所以也討厭愛說謊的妳。」

佐倉仍一臉無法理解的表情盯著我。

「小林的事情，我一開始還以為，只要用這個力量就能立刻查明。因為川端說是妳的錯，所以我只要逼問妳，判斷那是謊言還是真話就好了。但是，我沒辦法從妳口中問出決定性的事情，還有奇怪的謠言傳開，朝倉也沒說謊，川端也陷入混亂……在這之中，我還發現妳是超乎我想像的好傢伙，害我一團混亂。但是，有件事情終於明白了——那就是妳的畫。自從我發現妳不會在畫中說謊，很多事情都明白了。」

佐倉呆呆看著我一段時間後，才終於小聲開口：

「我可以稍微測試一下嗎？」

「測試？」

「對。因為無法相信有人能看穿謊言啊。你來判斷我說的話是真是假。」

我點頭，佐倉稍微思考後開口：

「狗和貓相比，我喜歡貓。」

「真話。」

「上個月的學力測試，我數學考五十分。」

「假話。」

「我喜歡班上的坂本。」

「假話。」

「我家的寵物臘腸犬叫萊姆。」

「真話。」

「我今天穿著紅色蕾絲的內衣，和綁繩內褲。」

「……真話。」

「你想像了嗎？」

「才沒有！」

佐倉對著我頻頻眨眼，接著認真地說：「是真的啊。」

她討厭我了嗎？

開始害怕和我說話了嗎？

雖然一度下定決心了，心臟卻因不安而刺痛。

不知在何時，佐倉在我心中已經成為不想失去的存在了。

我試探地看著她，她突然高聲大喊：

「你好厲害喔！」

「什麼？」

「因為你只要活用這個力量，就可以知道很多事情耶。超適合當名偵探，超方便的耶。」

看見沒覺得噁心，還相當興奮說話的佐倉，我忍不住鬆一口氣。

「一點也不方便。我的力量頂多只能知道那是不是那個人的真心話，根本無從判斷事情的真偽——反而是討厭的事情比較多。因為不管怎樣都會看見人類骯髒的一面，也會知道不想要知道的事情。」

我無力回應後，佐倉露出困惑表情。

「啊，原來是這樣……我終於知道你討厭我的原因了。」

「我現在不討厭妳了啦！」

慌張否定後，佐倉慢慢搖頭：

「沒關係啦。如果能看穿謊言，當然會覺得我很噁心。因為連我自己，也說謊說過頭，根本不知道哪個是謊言了。」

「真的不是！我現在……」

很喜歡妳。

差點脫口而出，我連忙吐槽自己「這不是跟告白沒兩樣嘛」。

「嗯哼」清清喉嚨後，深呼吸。

「——覺得妳是很重要的朋友。」

佐倉露出似笑非笑的表情，把臉埋進雙膝中，小聲說：

「謝謝。」

接著就這樣沉默一段時間後，用力抬起頭來：

「不、後悔嗎？」

佐倉緊緊看著我問。

看見我深深點頭後，她接著慎重起見慢慢說：

「還有，答應我，別告訴川端同學……我想尊重美沙的想法，因為美沙為了川端同學的幸福，想要隱藏這個事實。」

佐倉認真的這段話，讓我差點要點頭，但我緊急踩煞車搖搖頭：

「我不能答應妳。」

斬釘截鐵說完後，佐倉問我：

「為什麼？」

「因為我還不知道，隱藏真相對川端來說，是不是真的幸福。」

比我更了解川端的小林都判斷隱瞞真相比較好了，或許該照做比較好。但她不知道自己死後，川端有多悲傷。不知道她費盡千辛萬苦，就是要找出真相。

現在，近在川端身邊看著她的人不是小林，是我。

「所以，我只能答應妳。我絕對會選擇讓川端幸福的選項。」

我明確說完後，又加上一句：

「如果想要尊重小林的想法，這是最好的方法吧？」

佐倉不知所措地深思一段時間，過一會兒，才用做好覺悟的堅強眼神看著我：

「……我明白了，我就把我所知的美沙，全告訴你。」

深深點頭後，佐倉開始斷斷續續說話。

「你剛剛說的，全部說對了。我那幅畫，是美沙死前，在青濱灣完成的。美沙打扮成川端的模樣，每天早上都會到青濱海岸。我之所以說那幅畫是畫夕陽，是因為在美沙死後，得隱瞞我們曾在那邊的事實。」

說完這段話後，佐倉困擾地看著我說：「接下來……該從哪裡說起好呢？」

「妳和小林是朋友嗎？」

我一問，佐倉不自在地笑著：

「大概、吧。我記得我之前也說過，從騙子這點來說，我和美沙是同類，所以對彼此有著同伴情結。我很喜歡美沙，但我對美沙來說，大概是個不重要的存在。」

「應該沒這回事……」

川端明顯嫉妒著佐倉和小林的好交情，美術社的同學們也說她們兩人很要好。

「不，對美沙來說，重要的只有川端同學一個人。她之所以加入美術社，也是想為了川端把畫練好——但是，正因為如此，我在美沙面前可以不用說謊。」

「……什麼意思？」

我一問，佐倉不自在地笑：

「說完後，你應該會覺得我是自我意識過剩的笨女人吧……幾乎所有人一眼看見我就會喜歡上我，然後期待著自己要是能成為這樣的女生就好了。如此一來，我就不能背叛大家。我無法忍受讓對我有好感的人失望，所以飾演理想中的我。」

其他人來聽這段話，確實可能解釋成自大的台詞，但對一路看著佐倉在學校裡扮演偶像的我來說，真切感受這就是事實。

佐倉是個任誰都會看傻眼的美少女。就像對電視上的偶像所做的一般，大家都視她為特別，把自己的理想加諸在她身上——佐倉明明是個活生生的人啊！不需要管那種東西，照著自己想做的做就好了啊，但她太溫柔了，怎樣都沒辦法不管。

「我身邊，唯一對我沒有期待的人，就是美沙。所以我在美沙面前不需要扮演任何角色，就算看見大而化之的我，美沙也不會失望，很普通對待我。你也是……」

佐倉一度停止，有點不好意思地抓抓頭：

「你也和她相同。因為你說你討厭我，所以我也覺得放鬆了……所以我才能在你面前露出不像樣的一面。」

「這樣啊。」

就結果來說，比起在教室看見的完美佐倉，不像樣的佐倉反而讓我有好感。苦笑點點頭後，佐倉重新打起精神繼續說：

「總之……美沙開始信賴我。因為我們一起共度滿長的時間，也有同伴情結啊。然後，美沙死前不久，曾經拜託我一件事。」

佐倉「呼」地吐一口氣後，大口大口喝下寶特瓶中的水。

「她請我教她化妝，說她想打扮成川端同學。哎呀，我也在話劇社裡擔任化妝師啊——一開始，我是很輕率接下她的請求。如果完全不像的話也沒辦法，但川端同學和美沙本來就是表姊妹，五官相當神似。但川端同學就是相當小女生的感覺，而美沙很像男孩子，所以氛圍完全不同啦。讓美沙戴上假髮，稍微化個妝之後，簡直一模一樣。」

也就是說，那就是朝倉看見的川端。

「每天傍晚都替她狂特訓，但不管怎麼教，美沙一點也沒進步。她啊，真的很笨拙，不管是化妝還是弄個頭髮，都差勁到讓人發笑。就連假髮，都已經是用髮夾固定的簡單款式了耶，她連這個也沒辦法自己戴……接著，美沙又拜託我，希望我一週三、四天早上，可以幫她變裝。然後希望我幫她圓謊，說是要參加社團的早課。」

一大早特地起來幫人化妝，應該相當麻煩吧，還真虧佐倉願意幫忙耶。大概是察覺我心中所思，佐倉輕笑：

「只要有人拜託我，我就無法拒絕啊。但我也覺得奇怪，所以就問她理由。美沙原本不想說，但我壞心說要是不告訴我，我就不幫她，她只好心不甘情不願對我說。」

佐倉嘆一口氣後，緊緊盯著我看：

「你知道川端同學為什麼住在美沙家裡嗎？」

「啊……我知道。」

「你聽到哪種說法？」

可以對佐倉說嗎？我稍微猶豫，但她既然這樣問，表示她也知道吧，我下定決心後開口：

「是因為她媽媽被警察逮捕了吧？說是為了袒護川端而殺人。出獄後經濟也不寬裕，所以現在也還寄住在小林家。但她也說過，她媽媽很想接她一起住，她們就快要可以一起住之類的……」

「嗯，這個嘛……該怎麼說呢……」

佐倉努力含糊其辭後，表情認真說：

「——表面上是講成這樣啦，但事實完全不是這回事。」

接著，先加上一句「這只是我從美沙口中聽到的啦」後問我：

「你知道川端同學因為大受打擊，所以失去了事件前記憶的事情嗎？」

「……嗯。」

「美沙全部記得，所以，她知道川端所說的真相，其實是謊言。」

那件事是謊言？

鬧上警局的那件事。

川端的繼父被殺，母親被逮捕的那件事。

這件事的哪一部分是謊言？

大概是發現我的疑問吧，佐倉輕輕點頭，露出尷尬表情：

「川端同學的養父虐待她，然後她媽媽為了阻止繼父，所以殺了他。川端同學身體上也有被虐待的傷痕。殺人是壞事，但因為是為了保護小孩情有可原，所以被減刑了。」

川端告訴我之後，我自己也查了當時的事情，有很多人同情川端的母親，認為繼父被殺也是當然。

「一般世間是這樣認為……實際上是相反——虐待小孩的人，是川端同學的媽媽，袒護她的人，是沒有血緣關係的繼父。」

我頓失言語。

真的能有這種事情發生嗎？

——媽媽很愛我。

我想起開心說這句話的川端，那時的話，是她的真心話。

「這件事川端……」

「當然不知道，只有美沙知道。川端同學完全沒有與事件相關的記憶，旁人也不願意讓她回想起來。不管是被誰，被虐待的記憶肯定都是痛苦。忘了比較好——而且，事件前後，她似乎很愛她的母親。她似乎拚命地要袒護被逮捕的母親，小時候的川端同學，是個為了保護重要的人，可以毫不在乎說謊的人。」

母親的存在，應該是川端的心靈支柱啊。

明明如此，真的可以有如此殘酷的事情嗎？

「那不是……小林誤會嗎？」

我懷著一絲希望如此問，佐倉輕輕搖頭。

「美沙和川端同學，現在長得像，聽說小時候連髮型也一樣，比現在更相似。換穿彼此的衣服後，連父母也認不出來。她們利用這點，玩起一個秘密遊戲，叫做交換遊戲。假裝成對方，在對方家裡過一天的遊戲。她說大人們完全沒發現到叫人驚訝，那相當有趣。」

佐倉平淡地繼續說。

「美沙在川端同學家生活時，姑姑，也就是川端同學的母親會對她動粗，又打、又踢，還有一次甚至拿香菸燙她的腹側……但是姑丈總是相當溫柔，只要看見她媽媽動粗，肯定會袒護女兒，對她媽媽生氣。」

據父親所說，川端家偶爾會聽見父親大聲斥責母親的聲音。我還想像他是不講理亂罵妻子、小孩的惡漢，或許那個聲響，是袒護川端時的聲響吧。

「……那個傷口就是……」

「沒錯，川端同學在我的畫上發現的那個傷疤。美沙當時把傷疤給川端同學看，說要和家人告狀姑姑有多過分。但是川端同學不想要看見媽媽被罵，所以懇求美沙，說她什麼都願意做，希望她原諒媽媽。自那件事後，她們再也不玩交換遊戲了。」

——她不願意告訴我受傷的理由，但只要提起這個傷疤，她的表情就會變得非常悲傷。

大概是小林回想起，川端已經遺忘的當時的回憶吧。

「美沙沒有特別遮掩那個傷疤，不過，就只是不想讓川端同學看見，因為不希望她想起當初的事情……所以那幅畫，是美沙自己還給我的，我沒有強硬搶回來。」

川端偷畫時，最為驚訝的或許就是小林吧。

「因為當時美沙還小，所以大人沒對她說案件的事情，那也不是可以說給小孩子聽的內容啊，這也當然——川端母親的說詞，自己袒護小孩的主張，很快就被相信了。川端同學也袒護她母親，也沒人反駁……那之後，川端同學忘記過去的記憶，寄住到小林家。小林家雙親把川端同學當親生女兒疼愛，美沙也非常喜歡川端同學，所以也想著，如果現在她幸福，也不需要追究過去的事。時至今日，把事件翻出來說也沒任何好處，最重要的是，川端同學相信她的母親。如果她知道自己被母親虐待，不知會有多悲傷。比起要她母親贖罪，美沙更希望川端同學幸福。」

佐倉降低音調：

「但是，事情突然出現變化。你也知道，川端同學的母親突然說出要接她回去一起住。美沙似乎相當反對，但川端同學單純很高興，而美沙雙親雖然覺得不捨，也覺得母親當然會想和女兒一起生活，所以答應了她的要求——於是美沙下定決心，要確定川端同學母親的想法，如果她真的改過向善，打從心底愛川端同學，所以想和她一起住，那自己也同意吧。但是，如果不是……那她不管做什麼都要阻止。」

「小林……真的、真的相當喜歡川端啊。」

目前為止，就算調查小林的事情，我也完全不了解她這個人。行動沒有一致性，抓不到她的形象。旁人的評價，與川端口中的她，以及佐倉口中的她，感覺像完全不同人，這讓我感到很不可思議。

小林的行動，全部建立在「為了川端」這一點上。

「是啊，只看得見這個人，可以為了對方犧牲一切……正可謂戀愛中高中生的範本呢。」

「戀愛？」

看見我反問，佐倉意味深厚地笑了：

「也不問對方心情，只是一逕在旁守護，開心彼此的依存關係，想創造僅屬於兩人的世界，拒絕任何人進入世界中。為了家人或朋友，才不可能做到這樣。我不知道川端同學怎樣，但美沙肯定……愛戀著她，至少，我看起來是這樣。」

佐倉看著遠方，相當懷念地說道。

「川端同學，就是個『小女生』的人。聽說她從小就對白馬王子有憧憬。美沙肯定……想要成為川端同學的王子吧。」

小小吐一口氣，佐倉重新打起精神繼續說：

「川端同學的母親住在青濱町，她在酒吧陪客。所以只有早上結束工作回家時可以見面，美沙得在這個時間扮成川端同學，所以才想要變裝。美沙去見她母親好幾次，也仔細聽她說話——結果，知道她母親根本沒改過自新，也根本不愛川端同學。之所以提議一起住，也只是想利用長大變漂亮的女兒賺錢而已。超惡劣……她還對店裡常客說要介紹和自己長得很像的高中女生，還收訂金了。被那個大叔糾纏，美沙似乎超頭痛。美沙當然也很生氣，揚言絕對不會讓她把川端同學接走。」

說到這，佐倉突然閉口。

「……然後呢？」

我催促著繼續說後，她小聲說：

「我只知道這些。」

也就是說，結果佐倉也是不知道小林死亡的真相嗎？

如此一來，我就不知道佐倉是對什麼感到責任感了。

「小林是在去見川端母親的途中出車禍死亡的囉？那麼，那個遺書是……」

越來越搞不清楚了。

無力說完後，佐倉從我臉上別開視線，小小聲說：

「——美沙是自殺的。在我的想像中。」

聲音極為細微。

「死前，美沙似乎很鑽牛角尖。沒辦法說川端同學母親的事，那會讓川端同學傷心，或許她根本不相信美沙的話，說『這樣也沒關係』，堅持去找母親的可能性極高。美沙一直、一直相當煩惱，因為她找不到解救川端同學的方法……但是，美沙死掉那天早上，感覺似乎下定什麼決心，表情神清氣爽。就和我那幅畫上的一樣，美沙在海霧飄蕩的青濱大海前，對川端同學母親燃起鬥志。說『為了小百合，我什麼都願意做』，那好像是遺言。我那時候發現了，美沙打算為了川端同學殺了她母親。」

佐倉深深吐一口氣後，又接續說：

「但是我啊，沒有辦法阻止那樣的美沙，因為那天的美沙好美。我想著至少要把這樣的她畫下來，拚命素描。展示那幅畫，也是我在追悼美沙……把那幅畫說是夕陽的理由就在這。萬一被發現美沙那天早上在青濱，不是很糟糕嗎？而且，我在那邊也很奇怪啊。」

佐倉迅速說完後，用手指擦拭眼角。

佐倉，是在責備沒能阻止小林的自己。

「美沙已經走投無路了。雖然是為了保護川端同學，但美沙要去殺了對川端同學很重要的人。美沙不是能抱著這種秘密，還能若無其事回歸正常生活的人……而且說起來，不管她再怎樣為了川端同學而行動，川端同學都不會愛上美沙啊——所以，美沙自殺了。這就是我所想的事情真相。」

一道淚水從佐倉眼裡滑落。

不管怎麼擦，都沒辦法止住不停溢流而出的淚水。

我口袋裡的手帕明明沒溼，卻無法替她擦去淚水，只能呆呆站著看她。

即使流著淚水，佐倉還是笑著。

那比我至今見過的任何一個人的笑容都還美麗。

「但果然……可能還是不說比較好。對不起、喔。」

斷斷續續說完後，佐倉再度把臉埋進雙膝中。

——她不是能懷抱著秘密過生活的人。

佐倉這樣說小林，但佐倉也是相同啊。

小林隱藏起來的心意、死亡真相、她犯下的罪，連無底洞的罪惡感，佐倉都自己一個人扛著。

不斷說謊無比痛苦。明明老實說出口就能輕鬆，佐倉之所以不這樣做，全都是為了川端。因為她知道，小林希望川端可以幸福。

就算自己當壞人，佐倉也想要守護這兩個人。

「佐倉。」

我一喊她的名字，她身體震了一下。

我拍拍她的肩膀，她緩緩抬頭，用朦朧眼神看著我。

「——到目前為止，妳很痛苦吧。」

我一說，佐倉的臉皺成一團。

接著，大滴淚珠成串從她的大眼流出，嗚噎出聲，好幾次哭到岔氣，用制服袖口擦拭淚水。

看見她像個孩子般哭泣，我突然發現了。

和我在一起時，佐倉也和在班上時一樣，都在飾演她這個角色吧。

得要回應他人的期待才行。佐倉這樣說過。

如同班上同學把佐倉當成偶像，相對於她被期待的理想女性形象，我也在期待佐倉是個十惡不赦的大壞蛋。除了先入為主地認為騙子都沒好人外，也為了引導出川端所期待的結局，因此讓佐倉當壞人是再方便也不過的事了。因為察覺

我這自以為是的想法，佐倉才扮演了一個有點壞心、嫵媚的女性吧。雖然我並不知道，她是有意識還是無意識才這樣做的。

我輕輕撫摸她的後背，她緊緊捉住我的胸口，抱著我。

邊感覺襯衫慢慢溼透，我想著「淚水還真溫暖啊」。

第五章／佐倉成美說謊

「川端，妳在幹嘛？」

幾天後的午休，我一如往常前往海研的社團教室時，川端正把東西往紙箱收。

「收拾。因為海研要廢社了，這個房間週末就要還給學校了。」

我呆呆看著俐落收拾的川端問：

「……為什麼？」

「因為美沙不在了，社員只剩我一個。其實到目前為止都還能留存比較奇怪啦。老師說要給新的社團使用，要我把私人物品收一收。」

雖然川端語氣平淡，但她不可能不悲傷。再怎麼說，這房間都充滿了川端與小林的回憶。

「那我加入，這樣就不會廢社了吧？」

「我已經辦好廢社手續了。」

我立刻提議，但川端不捨地笑，又再次著手收拾。

「魚要怎麼辦？」

「我會帶回家。這些孩子是美沙留下來的重要遺物，我會負起責任養好牠們。」

我看著川端視線前方的水族箱，突然發現，這整個房間，是個如水族箱的空間。

古老、堆滿灰塵的小房間。

但是，是呈現青春瞬間的完美空間。

「咦？」

我忍不住驚呼，是因為發現了水族箱裡的一隻魚。

「……這隻魚，不是死掉了嗎？」

霓虹粉的金擬花鱸。魚群中唯一一隻雄魚，前幾天死掉了。

我現在還能回憶起從水中撈起來時，鱗片滑溜的感覺，以及埋在中庭時土地溼潤的氣味。

「啊，別隻魚會變成雄魚啦。」

「別隻魚？」

川端簡單回應後，我忍不住反問。

「嗯，美沙告訴我的，金擬花鱸會轉變性別。魚群中體型最大的雌魚，也就是最適合當雄魚的個體，會轉變成雄魚。」

川端這樣說著，指著玻璃另一端，前幾天還是雌魚的粉紅色魚。

雌魚會變成雄魚的魚。

昨天，佐倉對我說，小林對川端的心意是戀愛感情。

——而且說起來，不管她再怎樣為了川端同學而行動，川端同學都不會愛上美沙啊。

小林是用怎樣的想法養這些魚的啊？

邊看著從牆上拿下來，放在桌上的金擬花鱸的畫，我有種胸口被緊緊抓住的感覺。

我覺得只能在有限空間游泳的金擬花鱸很拘束，但可以自由轉變性別，可以戀愛的金擬花鱸，或許是小林最期待的姿態吧。

「啊，你要喝咖啡吧？」

在我沉默時，川端這才想起來般如此說，到流理台旁開始煮水。電水壺「噗咕噗咕」的聲音，和即溶咖啡的焦香氣味，已經變成我熟悉的東西了。

「請用，雖然還很燙。」

「謝謝。」

川端把自己喝的黑咖啡，和給我的甜咖啡放在桌上，重重地在椅子上坐下。距佐倉到這間房間來後已過數日，川端已經完全打起精神來了。雖然不知道她對佐倉說的話相信到哪種程度，但她已不談論小林之死了。所以，我不知道她對坦白自己具有責任、飾演壞人角色的佐倉有什麼想法。

「我們在這邊吃午餐的日子，也快要結束了呢。」

這個房間不能用後，我和川端也不會再一起吃午餐了吧？明白這件事後，我稍微有點感傷。川端也明白吧？小聲說了「是啊」露出不捨笑容。

在哀傷、平穩的氣氛中，只有啜飲咖啡的聲音在房裡響起。

前幾天從佐倉口中聽見的真相，是超越我想像的痛苦事情。

我到現在還無法決定，到底要不要把殘酷的真相告訴川端。

得在不能用這個房間前決定才行。

川端開朗的聲音，打破這壓迫心胸的沉默。

「——遠藤同學，雖然很突然，但是我要變成小林小百合了。」

「小林？」

我回問，川端笑瞇眼：

「我決定要當小林家的養女了。美沙走了之後，美沙的爸媽很寂寞。從我有記憶起，實際上養大我的是他們兩位，我知道他們比親生母親更加愛我。所以，就決定了乾脆就此變成真正的家人吧。」

身為知道川端母親真相的人，我當然大為贊成，但還真虧至今對母親那般固執的川端做了這個決定呢。

大概是讀出我的心思，川端苦笑：

「我和媽媽一直聯絡不上……到目前為止，我怎樣都希望想著她很愛我，所以一直攀著她。就算不太能見面、她對我態度冷淡，我都一直告訴自己，過去的事件是她愛我的證明。但因為這次的事情，我終於看開了。真心為我所想的人，是小林家的家人。」

「嗯。」

我只如此回應，回以笑容，努力開朗地說：

「——那麼，以後就不能再叫妳川端了呢。」

我一笑，川端緊盯著我，小聲說：

「我希望你可以叫我，小百合。」

「欸？」

我忍不住回問，川端害臊地說：

「小百合。」

「……小百合。」

一說出口，感覺害臊起來，我碎碎念著「我會想想該怎麼叫」之後，從川端身上別開視線。看見我這樣，川端「呵呵」輕笑出聲。

「這麼說來，」

我之所以大聲起頭，只是想要轉換話題，卻沒辦法馬上想出再來要說什麼。今後，我們兩人再也沒有能單獨坦承對話的機會了。

一這麼想，我有件無論如何都想要問的事情。

「……那個啊，川端啊……妳為什麼不說謊呢？」

不說謊的理由，是因為討厭謊言。

知道母親的事情後，我知道這只是我的一廂情願。川端應該也有她自己不說謊的理由。

「這個嘛，這是因為，」

川端有點含糊其詞後，才慢慢回答：

「理由有兩個。第一個是我先前也說過……我沒有以前的記憶，所以有時候連自己也搞不清楚狀況。因此，希望自己能更清楚，所以才決定別說謊。另一個理由是，」

川端暫停說話，寂寞地笑了：

「關於小時候的事情，我只記得一句話。那就是『絕對別說出違背妳真心的話』。因為這是我唯一的記憶，我想要好好珍惜，所以決定聽從這句話。」

簡單來說，就是「別說謊」。

其他記憶都消失了，卻只記得這句話，應該是令她印象深刻的一句話吧。

「誰對妳說的呢？」

「……繼父。」

川端小聲說完後，慌張加以解釋：

「當然，我知道繼父是虐待我的壞人。但是，留在我心中這句話的聲音無比溫柔，讓我覺得，他應該有稍微愛我一點吧。很笨就是了。」

川端越說越小聲，說完後難為情苦笑。

我知道。

川端的繼父，不是稍微而已，而是打從心裡愛著她。

就算沒有血緣關係，也認為她是珍愛的女兒。

也知道他努力保護她遠離母親暴力，甚至因而死亡。

但是，當事人的川端不知道。

「你那可以看穿謊言的力量……我也好想要。」

話題突然帶到自己身上，我稍微有點驚慌。

「欸？」

「我想要知道真正的事情。繼父是不是真的多少有點愛我、母親是不是真心想和我一起住、美沙到底是為了什麼寫下那封信……她現在都走了，現在才想這種事情也太遲了。」

川端寂寞一笑後，慢慢繼續說：

「欸，遠藤同學，我啊，到現在還是不相信美沙是自殺的啊。」

「佐倉所說的話……」

她懷疑佐倉的坦白，以及說佐倉沒說謊的我的話嗎？

當我想要開口解釋時，川端像要阻止我說話般說著：

「我不是不相信佐倉同學和你，那時候，佐倉同學的表情相當認真。但是我……」

川端停下說到一半的話，問我：

「你還記得我第一次拜託你的事情嗎？」

「啊，我記得。」

我也很驚訝，那天至今甚至還沒經過一個月。那時，對著腦海滿是粉紅泡泡，想著該不會是要被告白的我，川端這麼說了。

「妳說『我希望，你可以和我一起找出殺了小林美沙的兇手』。」

「嗯，然後我也說了『美沙不可能會自殺』。」

我回想起當時緊張的氣氛，點點頭。

「我現在還是這樣想。雖然知道矛盾，但這沒有道理，而是我從心底相信，相信美沙不可能自殺。」

「欸？」

也就是說，川端現在還是覺得，小林的死因不是自殺，而是被誰殺了嗎？

兇手的意思，不是要找出逼小林自殺的人，而是真的有「物理性殺了小林的人」嗎？

「……美沙對我說過，她會一直和我在一起。」

川端看著我的眼，強而有力地說。

「我沒有小時候的記憶。所以，偶爾會不知道怎樣的自己才是真正的自己。我不安得不得了，找美沙商量後，美沙對我說：『就算小百合不記得，我也會記得，所以別擔心。』……美沙對我說了好幾次，我不知道的我的回憶。也曾把那時的風景畫成插畫送給我，我有一次笑她也太差勁了吧，她就認真起來，跑去加入美術社。」

川端細瞇著眼睛，相當懷念說著。

「我問她『將來，如果和美沙分離後，我的過去就會消失了嗎？』美沙說：『我會一直和妳在一起，放心吧。』然後緊緊抱住我……但美沙卻拋下我一個，我根本無法相信。而且還是留下『請別悲傷』這種話之後去自殺。」

——這次這件事，全是依我的意志行動。想恨我也沒有關係，但是，請別悲傷。

小林留下的最後一段話。

如果川端所言不假，那這段話太殘酷了。

我什麼話也說不出口，低下頭後，突然驚覺。

等等喔？

心裡有著最基本的疑問。

這，真的是遺書嗎？

不知道小林之死真相的眾人，將信上「這次這件事」解釋成自殺，但是真的是這樣嗎？

如果佐倉推測的「小林殺了川端的母親」是事實，信上的「這次這件事」應該要解釋成自己犯下的罪行才正確吧？如此一來，接下來的「想恨我也沒有關係，但是，請別悲傷」也更容易解釋。

小林應該知道。如果自己死了，不管其中有怎樣的理由，川端肯定會很悲傷。

不惜背負殺人罪行也要拯救川端的小林，真的會留下她一個人死去嗎？

「遠藤、同學？」

看見我僵住不動，川端擔心看著我。

「對不起喔，都已經結束了，還講這種、奇怪的話。我明白，我很明白，但怎樣都無法相信，心中一直有股煩躁感……所以最後，想要說給你聽。」

川端充滿歉意地低頭道歉，我想著得幫忙圓場才行，但意識被腦袋一角點亮的訊號拉走，沒辦法貼心應對。

——美沙不是能抱著這種秘密，還能若無其事、回歸正常生活的人。

佐倉這樣說小林。

背負罪惡，不斷對著身邊人說謊，這可不是正常人能做到的事。佐倉說「所以她才會選擇死亡」，但如果小林選擇不同選項，又會怎樣呢？

小林該不會是要去警察局，自首自己的罪行吧？

如果是這樣，也能解釋為什麼小林死亡的地點，不是學校附近也不是住家附近，而是在警署附近。

小林在前往警署途中，剛好遇到事故死亡。

那果然就只是交通事故嗎？

總之，小林根本沒有自殺。

我沒辦法對川端說出心中不斷冒出的想法，只能輕輕搖頭。

＊　＊　＊

隔天下午，我翹課，站在商店街的玩具模型店前。

目的是，來見那個男人。

秋吉省吾，開車撞到小林，把她撞死的男人。

因為很早找到遺書，所以小林家的人不只沒告他，甚至還向他道歉。所以秋吉沒有坐牢，而是若無其事地回到這裡過平常生活。

我住的青濱町是個小城鎮，肇事的他在這家玩具模型店工作一事，立刻就傳開了。一開始，秋吉被當成殺死高中女生的加害者而被大家白眼以對，現在則是被當成運氣不好被捲入高中女生自殺行為的被害者同情。

我用力深呼吸後走進店裡，裡面一個客人也沒有。

吊在大門的門鈴發出「叮鈴、叮鈴」的清脆聲響，坐在狹小店面最深處，結帳櫃檯那頭的中年男性，一臉驚訝地看著我。因為客人上門而驚訝，可見這家店生意之清淡。

總之，眼睛下方掛著大大黑眼圈的這個男人，就是秋吉。秋吉吞雲吐霧後，連聲招呼也沒打，又把視線拉回他在看的報紙。

我觀察狀況一段時間後，走到秋吉面前：

「——不好意思。」

「幹嘛？」

我認真對著一臉麻煩的秋吉說：

「突然來找你非常不好意思，我是小林美沙的男朋友。無論如何都想要親耳聽見她最後是怎樣的情況，所以才會來找你。」

這當然是我事先準備好的謊言。

我懷疑，秋吉撞到小林並非不幸的偶然，而是他的過失。但是，一副上門吵架的樣子只會被掃地出門吧。小林家和秋吉的關係似乎沒有變得很糟，只要擺出我只是想要問話的低姿態，他或許願意對我開口吧。而自稱戀人，就是讓對方不會產生不信任感，最能問出資訊、判斷真偽的最好藉口。

「……我在工作，不和客人以外的人說話。」

秋吉稍微沉默，生硬回應我後，朝著我吐香菸的煙。

「我明白了。」

我壓抑心中不耐，努力做出笑容點頭，從寫著「特賣」的籃子中拿出一個盒子，放在結帳櫃檯上。如此一來我也是客人，他不能不理我。

「我聽說小林是自己朝車子撞上去的，但是，那不是事故，所以真的是自殺嗎？」

我邊拿出皮夾邊問，秋吉瞥了我一眼。

那是如同被逼入絕境的野生動物，充滿戒心的眼睛。

「什麼意思？你在懷疑我的證詞嗎？」

要是在此打壞秋吉的心情，就賠了夫人又折兵，我慌張辯解：

「不、並非如此……因為她有一點冒失，所以我想，她該不會不是為了要自殺，而是心不在焉，才會被車撞到。」

「才不是事故。」

秋吉別開眼，慢慢說：

「我又沒有東張西望，可是好好看著正前方開車耶。」

聽到這句話後，我沉默不語。

秋吉沒有說謊。

小林不是因為事故死亡。

我的推理漂亮地落空了。

看見我垂頭喪氣，秋吉輕輕吐了一口氣：

「很遺憾，是自殺啦，自殺。那女人自己朝我的車衝上來。喂，快點付錢啦。」

「欸？」

我忍不住驚呼，秋吉一臉訝異看著我。

「什麼啦？」

秋吉這句話在說謊。

不是事故。

也不是自殺。

那麼……？

「——你該不會是故意去撞她的吧？」

秋吉一瞬間睜大眼，接著不悅地說：

「那怎麼可能！為什麼我要去撞死一個素昧平生的高中女生啊。我可是被捲進那女生自殺的被害者耶！」

——秋吉這段話是謊言。

也就是說，小林美沙，是被秋吉殺了。

「……幹嘛啦，你想說什麼啊。」

秋吉突然對著無法接受狀況、沉默不語的我大喊後，胡亂搔起自己的頭。

看見他的樣子，我終於發現了。

從走進店裡起，我就覺得他的舉動相當奇怪，秋吉現在大概已經快要被自己的謊言重量壓垮了吧。說謊後，雖然得以免除實際的刑罰，但自己最清楚罪行的重量。普通人根本無法單獨承擔。

實際上，為了小林著想而說謊的佐倉，也長時間承受苦痛。為了保全自己而撒謊的秋吉，和溫柔替小林著想而說謊的佐倉完全不同，而想要隱瞞真相這件事，不管怎樣都會帶給心靈極大的負擔。

秋吉的精神，已經瀕臨極限了。

但是，這對我來說是個機會。

只要巧妙誘導，就能從他身上問出真相。

「你殺了小林美沙，我能知道這件事。」

快思考、快思考。

我邊在腦海中整理這個事件，突然驚覺。

——該不會是這樣吧。

「你真正想殺的人，不是小林美沙，而是川端小百合啊。」

我一說完這個推測，秋吉一反到上一秒為止的態度，露出了沒出息的表情。牙齒「喀噠喀噠」打顫，眼神無比恐懼地看著我。

雖然秋吉沒有肯定也沒有否定，但看他的樣子也知道。

我揭穿了這傢伙的謊言。

「我的父親是警官。」

我低聲說完後，秋吉表情緊繃地看著我：

「……那個、拜託、拜託你、啦。」

揮開秋吉要攀住浮木般靠近我的手，我繼續說：

「要不要告發你全憑我的意思，但你的謊言遲早會被拆穿。你最好有所覺悟。」

事實上，我知道我應該要立刻告訴父親。秋吉是罪犯。但是，如此一來，小林的所作所為也會被揭穿。雖然是很自私的想法，但小林已經被殺，她已經贖罪了。事到如今，我不想再讓川端成為八卦主角之一。

「雖然不知何時會去揭穿你。但這句話你給我聽清楚了：你別想要再做壞事。我隨時都在監視你。」

我斬釘截鐵地說完後，秋吉全身無力地跌坐在地。

＊　＊　＊

離開商店街後，我不想要馬上回家，一如往常到海邊去，坐在消波塊上。

明明都傍晚了，風還很溫熱，天空還很明亮。

明明是這種時候，我卻不慌不忙地想著：「夏天快到了呢。」忍不住苦笑。就快要入夏了。溫暖、柔軟，卻帶著一點感傷、充滿不安穩氣氛的春天就快要結束了。

我問著應該沉睡在閃閃發亮的水面下方，連光線也照射不到的黑暗混沌中的母親。

「媽媽，我到底該怎麼辦才好？」

到最後一刻都為川端著想的小林，和直率相信著她的川端。

我想對她說出真相。

想要傳達小林的心意。

但如此一來，不管怎樣都會讓川端受傷吧？

我還搞不清楚，到底哪個選項才能讓川端幸福。

如果是喜歡溫柔謊言的母親，會認為應該要隱藏真相嗎？

會覺得想老實說出全部心情的我，只是單純的自我滿足嗎？

明明在佐倉面前裝得很厲害，現在猶豫不決的自己太丟臉了。

「正樹！」

背後傳來聲音，我轉過頭，父親就站在那裡。

「……為什麼在這？」

「學校聯絡我，說你今天早退了。我擔心你，跑回家後卻沒看見你……我想你應該在這。」

不過翹課一天而已，當沒看見就好了啊。

雖然在心中抱怨，我還是小聲說：

「……對不起。」

「你都高中生了啊，想翹課才健康啦。」

父親乾脆回應我的道歉，靈巧地走過消波塊，在我身邊坐下。也沒有說話，只是眺望大海一段時間。

過一會兒，父親用力吐了一口氣，轉過來看我：

「那個啊，正樹。」

慎重地呼喊我的名字後，接續說：

「之前提到的事情啊……」

不知所措的表情、不乾脆的語調。

我猜想到父親打算要說什麼，也忍不住不知所措。

——你不後悔讓媽媽生下我嗎？

因為我害怕知道真相，而選擇躲避面對的當時的問題，父親現在正想要回答我。

父親眼中，倒映著和他同一個模子印出來的我的臉。一臉奇怪表情，沒出息咬緊脣的我的身影。

「……嗯。」

啞聲說完後，我輕輕點頭。

我現在當然還是很害怕聽實話，以前只是偷聽，但要是父親當面對我說，我就無處可逃了。將近四年歲月過去，好不容易才結痂的傷口，或許又要開始噴血。

但是，我無論如何都想知道。

明明前幾天才自己選擇不聽答案，那之後，我比之前更加在意父親的心情，每次見面時態度都很不自然。然後每次感到尷尬時，都會後悔著「要是聽父親回答就好了」。

就算父親討厭我，只要我不知道這件事，就沒辦法往前走。

「——爸爸啊，直到現在都還不知道，讓媽媽生下你到底是不是對的。」

父親吐出這句話。

雖然小聲，卻重重地打響我的心。

我快哭了，用力忍住淚水時，父親繼續說：

「我很愛你，真的非常感謝你出生來當爸爸的孩子……雖然聽起來很矛盾，但兩者都是爸爸的真心話。」

聽見父親為難的聲音後，我忍不住抬起頭，和父親對上眼。

相反的兩種心情，同存於一個人心中，這不是罕見的事。

但是，這也太不知所云了吧。

「媽媽啊，是因為子宮癌死掉的。發現時，剛好是懷你的時候。」

父親把視線從我身上移向大海，淡淡地開始說：

「媽媽說不想讓你碰到放射線，所以拒絕化療。生下你的時候，癌症已經惡化得很嚴重，生下你三個月就過世了。」

我知道母親是死於疾病。但是，我根本沒有想過我也參與其中。根本沒有人對我說過這件事啊。

不，是沒辦法對我說。

「媽媽是因為我……」

「不是，那是爸爸的錯。」

我無力低喃時，父親用力搖頭。

「爸爸對媽媽說了好幾次我想要小孩，所以正樹到媽媽肚子裡來時，我無比開心。媽媽決定要生下你的時候，我雖然猶豫，也沒有阻止她。說服自己是她的決定……但在媽媽死掉之後，我突然想著，媽媽或許是為了爸爸，才決定要生下小孩。一想到這個，我就會忍不住後悔。因為我也希望媽媽活著啊。」

父親中途停止說話後，明顯想要重新調整氣氛，稍微提高了聲調。

「但是啊，現在有正樹在我身邊，我很幸福。我根本無法想像正樹沒有生下來，也很高興正樹喜歡爸爸。雖然真的覺得很對不起不在這裡的媽媽……」

父親斷斷續續，卻也清楚地如此說道。

這全都是父親的真心話。

「……對不起喔，時至今日還對你說這些。媽媽死前啊，對爸爸說，希望可以向你隱瞞她過世的原因。原本爸爸打算繼承媽媽的遺志，把這件事帶進墳墓裡。但是四年前，聽到你那段話後，知道你的心開始遠離我，我好傷心，現在才背叛媽媽了。早知道這樣，馬上對你解釋就好了——爸爸是個膽小鬼，總是半途而廢。」

父親終於轉頭看我，寂寞地笑了。

父親一直猶豫著到底要不要告訴我真相。

我非常了解他的心情。

因為，我現在正處於這種狀況中啊。

膽小鬼又半途而廢。

真是的，我到底要和父親像到什麼程度啊。

「那不是爸爸的錯。」

我小小聲說。

「媽媽根本沒有後悔生下我喔。」

「欸？」

我不知道父親的話，到底影響母親下決定到哪種程度。

但是，母親在錄影帶中對我說話。

說她真的愛著我，會一直、一直守護我。

——正樹，約好了喔。就算媽媽不在了，你也要和爸爸好好相處喔。

她這樣說。

母親最大的願望，就是希望我和父親能有幸福生活。

「之前啊，我看了爸爸拍的錄影帶。媽媽既沒有恨爸爸，她也愛著我。我是看了那個錄影帶，才喜歡上媽媽的。」

「……這樣啊。」

父親輕輕點頭後，用力擦拭他的眼睛。

他之所以把錄影帶藏起來，是因為怕我知道媽媽的真心話吧。如果媽媽後悔生下我，不想讓我看見也是理所當然。

但是，這完全不需要擔心。

我是在父親與母親的愛中誕生的。

剛剛還一片蔚藍的天空，不知何時，紅通通的夕陽已經落下。

一半沉在海面下的光球，在水面上做出橘色的大道。

感覺母親從遙遠、遙遠，水平線的那一方，走在出現在我們面前這直直的一條路上，朝我們走過來。媽媽溫柔的臉上，肯定掛著滿滿笑容吧。

想像中的母親笑容，一瞬間和川端重疊，我忍不住瞇細眼睛。

——我想要知道真相。

可以斬釘截鐵、明確說出這句話的川端，非常堅強。

比起不敢面對父親的真心話，放著不管好幾年的我還更堅強。

剛剛父親對我說的我出生的秘密，以及母親的死因在於我，這確實讓我大受打擊，但我一點也不後悔知道真相。今後會對母親抱著罪惡感，也會反覆回想起，不停煩惱吧。即使如此，還是不覺得不聽就好了，反而給了我終於可以往前進的感覺。

川端想要知道的真相，遠比我的還要殘酷。肯定會有痛苦回憶，但比我還堅強的川端，絕對可以接納真相，確實向前進。

而向前邁進，就關係到川端的幸福。

和我一樣。

告訴川端真相吧。

邊看著溫暖橘紅的大海，我下定決心。

週五午休，在整理乾淨的海研社團教室裡，我和川端和樂融融地共進午餐。這明明是我們最後一次單獨共度午餐了，話題卻都是無關緊要的談笑。像月底要開始的期中考、真期待即將要開始的游泳課之類的，是在走廊、教室裡都會說的內容。

對開心說著上學途中看見野貓的川端回以笑容，我為自己打氣。

我啊，是在拖拉個什麼啦！有些事情錯過今天，就沒機會說了啊！

昨天，明明決定要對川端說出真相，但我到現在都還沒說出口。雖然焦急再這樣下去不行，卻遲遲抓不到時機。就在我忍不住想嘆氣之時。

川端突然想起什麼似地看著我，指著水族箱裡悠游的魚群：

「遠藤同學，如果你願意的話……要不要帶幾隻金擬花鱸回家？」

架子上的水族箱，是唯一主張著這房間是海研社團教室的東西。堆在角落的紙箱、雜亂放置的魚類圖鑑、掛在牆壁上的金擬花鱸插畫，都已經不在這房間裡了。在連灰塵氣味都一掃而空的乾淨房間裡，感覺在此度過的濃密時光皆成了過去。

「我很高興啦……但真的可以嗎？」

在這一個月，我對這些魚產生感情。川端的提議讓我很高興，但這是重要的小林遺物，交給我這個和她沒說過幾句話的人，也有點過意不去。

「可以喔。因為我想，美沙應該很感謝你。」

川端看著水族箱，滿臉笑容說道。

「是這樣嗎？」

我不禁苦笑。

就佐倉所言，小林愛著川端。從小林來看，接近川端的我，除了糾纏她的壞男人之外什麼都不是吧。

「這不是當然嗎？因為你幫了我啊。如果沒有你，我就沒辦法知道事情真相……但老實說，我還沒有完全相信就是了……但我想，總有一天我會相信。連美沙自殺這件事也能相信吧。」

川端斷斷續續說完後，對我微微一笑。

「……妳真堅強，不管是怎樣的真相，都能接受。」

所以，我應該要告訴她真正發生的事情。

我抱著尊敬盯著川端看，她用力搖頭。

「一點也不堅強，只是，我有面對真相的責任。」

川端明確說完後，表情變得認真。

「我到現在一直都沒說謊，就算知道自己說出口的話會傷人，也以說出真心話為優先。這樣的我，沒辦法說出……也不想說出因為不想受傷，所以不想知道真相這種話。我得好好面對真相才行啊。」

她說的話非常誠懇。

川端抱著面對現實的覺悟，至今過著不說謊的生活。

看著她直率的眼神，我終於做好覺悟。

用力吐一大口氣後，緩緩開口：

「——我有件事情得對妳說，小林死亡的真正理由。」

川端一瞬間睜大眼睛，接著繃緊表情，顫抖著聲音：

「……美沙死掉的，理由？」

「沒錯。更應該說，我得先向妳道歉才行。到現在一直沒對妳說出口……真的很對不起。」

我說著，深深一鞠躬。

「那……佐倉同學說是她殺的，她當時說的那些是謊言囉？」

川端不知所措地猶豫後，窺視著看我。

「那段話本身不是謊言。當時，佐倉真的以為是她把小林逼上絕路。因為她覺得自己明明知道小林的狀況，卻沒有阻止小林，所以覺得自責。但是，佐倉說的小林死亡的理由，那全是虛構——佐倉因為自責，所以才想要保護小林想要保護的妳。那時的妳也責怪自己到滿身瘡痍了，所以，佐倉才會說謊。讓自己當壞人，給妳可以憎恨的目標。」

川端呆傻，無言地看著我。

至今以為是敵人的人，竟然試圖保護著自己，這應該是難以接受的事實吧。

「但是佐倉她自己，也不知道真相。」

我話說一半後暫停，注視川端的眼睛。

「知道的人……就是妳，川端。」

沒錯，結果，川端所說的就是全部。

——這沒有道理，而是我從心底相信，相信美沙不可能自殺。

就算沒有過去的記憶，就算不知道小林的心意，深深愛著小林，也深深被愛的川端心中，早已知道真相了。

「……什麼、意思？」

川端從喉嚨擠出沙啞聲音說道。

「小林美沙是被殺的。」

我緩慢慎重說出這句話。

「我昨天才知道真相，雖然有點長，但我現在會全部告訴妳。」

＊
＊
＊

「首先，要從被妳遺忘的，妳的過去開始說起。」

我說完後，川端表情認真地用力點頭。

「這些全都是從佐倉口中聽說，是小林對佐倉說的事情。」

川端應該會大受打擊吧，那是殘酷、絕望的往事。

雖然擔心她會不會心慌意亂，我盡量不放感情，平淡描述。身為一個外人，來談論小林拚命隱藏的事實，這是我最起碼能做到的補償。

我照著時間順序，盡量正確傳達從佐倉那聽到的事情。

十年前事件的真相。

保護心愛孩子而殺了丈夫的悲劇母親，其實是親自虐待孩子的殘虐女性；被害者且被貼上渣男標籤的繼父，其實是深愛、保護沒血緣關係的孩子的溫柔男性；女兒雖然受到過分對待，還是愛著母親。

小林和川端的秘密遊戲。

以及為了不傷害川端，小林長時間以來說謊這件事。

血色一點一滴從川端臉上消失，即使如此，我還是沒有停止說話。川端發白的雙唇，不斷顫抖著。

我說完後，川端第一次像要說什麼而微微張口，但似乎想壓抑這個，立刻緊緊咬唇。低下頭稍微思考後，才慢慢開口：

「……謝謝你告訴我。」

過一會兒又繼續：

「我沒事。長年感覺的怪異感終於找到答案，我反而覺得神清氣爽。」

她露出明顯逞強的不自然笑容後，發出她能裝出的開朗聲音。

但我不加理會，用同樣的口吻繼續說下去。

「……接下來要說的，是這次事件的真相。」

接下來才是重頭戲。

川端所受的打擊，肯定會超過往事。

即使如此，我已經決定要告訴她了。

等川端點頭後，我再次開口說話。

「正如同我剛剛所說，小林為了保護妳，長年扯謊至今。那不只是過去的往事，平常生活也是如此。」

川端口中的小林，是完美無缺的超級英雄。絕對會在川端陷入危機時出現，帥氣拯救她，就像個白馬王子般的高中女生。

但是，這種人實際上根本不可能存在。

她只是一個拚命、普通的高中女生。

「小林為了保護妳，總是試著做到最好。看似若無其事解決紛爭，其實在妳看不見的地方和誰起衝突而受傷，或是丟臉地不停道歉，掙扎、痛苦著。拋棄了所有自尊心，拚了命努力，好不容易才平息事態，僅此而已……只不過，她絕不會讓妳看見這一面。小林，想成為妳可靠又帥氣的英雄。」

小林腦海中，只在意著川端怎麼看她。

所以，其他學生才沒辦法掌握小林的個性，對她毫無條理的行為困惑。把她當成一個莫名其妙的怪人，在班上也格格不入。

「……美沙。」

川端輕聲脫口而出後，緊緊咬脣。

那是混雜著感謝、愛情、罪惡感的哀傷聲音。

「關於這點，妳不需要感到抱歉。我想，小林應該很幸福。因為她可以成為最喜歡的妳的依賴，以及獨一無二的存在。」

從旁人來看，小林的學生生活絕非一帆風順。但是，比起受其他無所謂的大眾喜歡，被自己重要、唯一的存在所愛才是幸福。至少，小林是這樣想，而告訴我這件事的不是別人，就是川端。

發現自己的聲音混雜著感情，我繃緊神經。

「就在某一天，有件大事發生了。妳的母親，提出想要接妳同住的要求。」

川端的表情緊繃，我又繼續說下去：

「沒有過去記憶的妳很開心，不知道內情的家人們也贊成，但對小林來說，這是件無法同意的事情……因為她知道，妳的母親過去根本不愛妳。」

雖然很難說出口，即使如此，我還是直接說出口。

川端頂著緊繃的表情，靜靜低下頭。

「於是，小林想要調查，妳母親到底是為什麼想接妳同住——也就是，她拜託佐倉幫忙變裝成妳，直接去見妳住在青濱町的母親。放學後頻繁和佐倉一起度過，突然開始說要去參加社團早課，全都是為了這個。」

說到這裡，川端驚訝地抬起頭，低語：

「……變裝、成我？」

「沒錯。也就是說，朝倉看見的人是變裝成妳的小林。所以，妳沒有夢遊症……妳母親提過的妳沒記憶的事情、明明第一次見面，卻像認識妳找妳說話的大叔，全部都是變裝後的小林做出來的事情。所以妳完全不需要擔心妳的記憶。」

川端視線四處游移，把手放在頭上，發出不成句的聲音後，緩緩吐氣試著平靜下來。

「我也不清楚小林和妳母親說過什麼的詳細內容，但是小林判斷，妳母親現在還是不愛妳。妳的母親，只是想要利用長大變漂亮的妳來賺錢而已……順帶一提，找妳說話的大叔，似乎就是她打算把妳賣出去的對象，聽說小林也被糾纏得很緊，相當頭痛。」

我一度停止說話後，又再次繼續。

「我想，告訴妳過去事件的真相並且說服妳，應該是最好的方法，但小林無論如何都說不出口。因為她知道，妳把母親當成心靈依歸。於是小林……殺了妳的母親。」

川端張大嘴，靜靜看著我。

一幅「不知道你在說什麼」的模樣。

「支持妳的，不是妳母親實際的樣子，而是妳對母親『過去犧牲自己愛著妳』的印象。小林大概覺得，與其讓妳知道母親的本性，倒不如讓她消失在妳內心所維持的好印象之中，這對妳比較好吧……但這頂多是佐倉的想像，也無法斷定是真是假。但是，實際上現在無法和妳母親取得聯繫，沒消也沒息，我覺得應該是真的。」

我知道自己的聲音越變越小。

我又停止說話，輕輕吐一口氣，調整自己的狀況。

「佐倉的畫，畫的是小林死的那天早上她的模樣。聽說小林如那幅畫一般，全部都看開了，散發出神清氣爽的氛圍。」

川端仍呆呆盯著半空中看，不知道該怎麼接受我說出口的話。

「小林，去見了妳的母親，大概，殺死她了。或許她一開始打算全部隱瞞起來。但立刻，她就承受不住罪惡的重量。佐倉以為小林是因為這樣自殺，才會後悔自己沒有阻止她……但是，並非如此。小林打算去向警方自首，贖罪。」

她沒有想要隱藏一切活下去，也沒打算一死百了，而是打算要贖罪。

她會做此決定，應該是因為和川端約定好了吧。

——我會一直和妳在一起，放心吧。

對川端說過這種話的自己，唯一知道川端過去的自己，絕對不能用死亡逃避。她大概這樣想吧。

「小林急忙寫信給妳。接著，直接朝警署走去。但是，在半路被車撞了……也就是說，小林根本不是自殺。」

話說至此，從川端無法聚焦的眼，流下一道淚水。

我知道川端有聽見我的聲音，雖然胸口陣陣作痛，我仍用相同的音調繼續說。

「但是，那也不是意外。」

我沒辦法停止說話。

這是因為，我不惜違反小林的遺願，也決定要說出口了。

告訴川端真相，讓她向前看，這才是讓她得到幸福的方法。

引導她往這個方向走，就是說出真相的我的責任。

「妳見過撞死小林的男人嗎？」

我問完，川端搖搖頭。

「……因為就算是自殺，我也不想要去見那個讓美沙死掉的人。」

如果川端直接見到秋吉的話，或許那時就會真相大白了吧。因為川端見過秋吉。

「他，秋吉省吾，就是以前和妳搭話的大叔。和妳母親簽約，追著小林不放，也和妳接觸過的那個男人。」

我看著說不出話般沉默不語的川端，回想起和秋吉之間的對話。

——那怎麼可能！為什麼我要去撞死一個素昧平生的高中女生啊。我可是被捲進那女生自殺的被害者耶！

那時秋吉說的話……素昧平生的高中女生、被害者等等的全是謊言。也就是說，小林和秋吉見過面。

但是，因為死亡當下的小林變裝成川端，應該有戴假髮才對。認識變裝成川端的小林，且憎恨她的人是誰？

我因想過頭而短路的大腦，此刻浮現出佐倉和川端說過的話。

——她還對店裡常客說要介紹和自己長得很像的高中女生，還收訂金了。被那個大叔糾纏，美沙似乎超頭痛。

——其他還有不認識的大叔突然和我說話。說『小百合，今天一定要跟叔叔一起玩喔。』，還說著『在明亮的地方看，更覺得妳的黑髮好美喔。』拉我的頭髮。我明明是第一次見到那個大叔啊……

如果兩人口中的「大叔」是同一個人，又是如何呢？

如果那個男人是秋吉省吾呢？

一冒出這個想法後，就想不出其他可能性了。

「秋吉是妳母親工作店裡的常客，妳母親向他提議要不要買自己高中生的女兒，且和他簽約。然後以訂金為由，向秋吉要了一大筆錢……但是理所當然，介紹給他的女高中生，假扮成妳的小林，見了幾次還是擺出冷淡態度。不僅如此，到學校附近埋伏、向妳搭話，妳還說不認識他——憤怒的秋吉，在路上看見假扮成妳的小林，一時衝動而開車撞她。」

川端不在意自己流下的淚水，只是靜靜聽我說話。

「小林用來變裝的假髮，是只用髮夾固定的簡單款式。大概在撞車時脫落了吧，秋吉看見她突然變成短髮，嚇一大跳。因為他以前拉過妳本人的黑髮，知道妳的長髮是真髮。所以慌慌張張地下車確認，小林身邊有從包包掉出來的學生手冊。看見上面的名字，他才終於發現，自己撞到的人，和他想要殺的人不同。」

只要有個差錯，不是小林，而是川端被殺也不奇怪。一想到這就讓我毛骨悚然，對秋吉的憎恨也隨之倍增。

「秋吉相當著急。這是當然。一時沖昏頭而殺人，而且還搞錯人。當時下雪，車輪痕跡清楚留著。就算沒辦法隱藏，但要讓人知道他殺人可不得了了。他也想盡可能隱瞞自己打算買春高中女生這件事。他之所以拿走假髮，是因為想把與自己的動機相關的東西處理掉。」

秋吉現在肯定也還不知道小林與川端的關係，也不知道小林戴假髮的理由是什麼。

我忍不住皺起臉，又繼續說下去。

「秋吉報警，說車禍只是意外，主張有錯的是對方。這樣下去，警方也會仔細調查，就算不認為他蓄意殺人，也會變成他不注意造成的意外吧。但是，運氣很不好，小林寫的信寄達了。那封信明明是想要向妳道歉，卻因為她的死亡，而被解釋成遺書。於是，產生了小林是自殺的誤會。」

川端發不出聲音，流著淚呆呆看著我。

「這就是，這個事件的始末。」

我說完後，川端還是一語不發。

對她來說，我說出口的話，應該是一連串的衝擊吧。

不管是向她搭話、替她拭淚，就連靠近她都讓我猶豫，我動彈不能，只能靜靜等待她平靜下來。鐘響，川端的淚水停止，即使如此，她還是動也不動。

接著，即將進入下一個休息時間的瞬間，川端終於開口了：

「……美沙為什麼，要為了我做到那種程度？」

小林為了川端獻出自己的全部。

那是絲毫不覺不幸的強烈愛情。

佐倉說這是「戀愛」。

「小林非常喜歡妳，她，愛戀著妳。」

或許，不該將這件事告訴川端。

因為，小林一直隱藏這份感情啊。

「……愛戀？」

川端靜靜輕語，過一會兒，深深點頭。

「或許……我也、愛戀著她、吧。」

「欸？」

這次換我嚇到了。

一直以為小林的心情只會讓川端不知所措，沒想到川端如此輕易就接納了。佐倉和我，以及小林自己都以為這份心意無法開花結果，但或許不是這麼一回事吧。

「對我來說，美沙是家人、閨密，以及戀人。雖然偶爾也會感到可恨，但更多時候覺得只要有美沙，根本不需要其他人，就是如此喜歡。在這麼喜歡當中……肯定，也包含著愛戀。」

川端淡淡說完後，看向水族箱。

看著在水族箱中悠游的金擬花鱸魚群，小聲繼續說：

「美沙和我互相思慕。我們相當幸福啊。這件事情，我絕對、一輩子、不會忘。」

川端用著小卻清楚的聲音，明確說道。

她現在，或許還沒有辦法接受所有事實吧。

但是，即使如此，總有一天絕對會。

相信這件事的堅強，就在她的眼中。

「……川端，妳沒後悔知道真相？」

我一問，川端立刻深深點頭。

「我沒後悔。對我來說，真相比任何東西都重要。我很感謝你告訴我。」

斬釘截鐵說完後，又苦笑著加上一句：

「……還是訂正一下，我也喜歡謊言。」

小林用謊言保護她。

明確知道這件事的現在，以及今後，小林的溫柔謊言，都會繼續守護著川端吧。

川端這句話，漸漸滲透進我的心中。

＊　＊　＊

放學後，我也把事件真相告訴佐倉。

「小林根本不是自殺。所以，妳也不需要再自責了。」
佐倉呆若木雞小聲道：
「那是、真的嗎？」
我點頭後，佐倉立刻露出又哭又笑的表情。
佐倉終於從罪惡感中解脫了。
看著這樣的她，我從包包中拿出今天的賄賂品。
這是我昨晚急忙製作，特別豪華的巧克力蛋糕。
「……哇，好棒！今天的特別豪華耶。」
佐倉用開朗到刻意的聲音說完後，舉高雙手開心歡呼。
這個動作可愛到，要是下田看見，肯定會流鼻血吧。
就在此時，佐倉像想起什麼看著我：
「話說回來，你對川端說了嗎？」
「……說了。」
佐倉目瞪口呆張大嘴，手置於眉間接著問：「說到哪？」
「全說了。她當然大受打擊……但是，妳的冤罪也洗清了，她也接受了小林的心意。所以，沒問題。」

我迅速加上這一句，但佐倉仍不斷眨眼，一副還不可置信的樣子。

「川端說了。到目前為止，即使知道自己的真心話可能會傷人，她還是不願說謊。這樣的自己，絕對不能不面對真相……用謊言保護她，確實不會繼續傷害她吧。但是，這也讓她無法知道許多人想要保護她的心意。川端很堅強，她能接受真相後往前進。我認為，這是讓她得到幸福的最短捷徑。」

如果小林活著，或許會對我大發脾氣吧。

但我認為，全說出口真是太好了。

佐倉靜靜點頭，接著才驚訝地看著我：

「……你該不會，把美沙的心意，她愛著川端同學這件事也說了吧？」

「嗯，說了。」

我的視線從佐倉潤澤的眼睛上移開點頭後，

「你為什麼要說那個啊！美沙一定也想要隱藏這件事情的啊！」

佐倉大聲說完後，抓住我的衣領。

「但是、但是啊，她們相互愛戀啊。川端說她也愛著小林啦。」

我慌張說完後，佐倉露出驚訝表情。

「什麼？是怎麼回事？川端同學不是和你在交往嗎？」

出乎我預料外的這句話，換我瞠目結舌了。

「欸？我們沒交往啊。」

「可是在川廊上見到時，我說你們是不是在交往，你們也沒否定啊！」

「那時，妳還不是滿口謊言。那種狀況下，根本也沒餘力否定啊。我當然喜歡川端，但根本沒提過要不要交往之類的話題。」

佐倉緊緊盯著邊嘆氣邊說話的我看。

「怎麼了嗎？」

我一問完，她突然轉過身去，回答「沒什麼」。

完全不知所以然。

沉默一段時間後，佐倉脫口說出：

「我還是覺得，不知道比較幸福。」

「我不那麼認為，而且，我不想對川端說謊。」

我現在十分理解，母親說出「不公平」的心情了。

就算無法說出「對所有人」，但就算我是膽小鬼，至少也想公平對待有好感的朋友們。

單單只對不說謊的川端說謊這種事，我不想做。

知道她比任何人都希望知道真相的心思後，我更做不到。

佐倉點頭說「這樣啊」，拿起一片我做的巧克力蛋糕，放進嘴裡。

「啊～～好好吃喔！」

她仰頭看天空後，苦澀笑著小聲說：

「……你果然還是討厭騙子吧。」

我搖搖頭，捏了一小塊花費心力做的巧克力蛋糕來吃。

巧克力在舌頭上化開，這是與春末絕配的溫柔味道。

「我不討厭喔。」

「騙人？」

「真的。」

我也不想要對佐倉說謊。

事到如今說出口也令人害臊，但因為我也喜歡佐倉。

「就像我對妳說過，我一開始很討厭謊言。只要對方一說謊，我就會判斷那人是本性腐敗、差勁、糟糕的人。」

所以，我也討厭會說謊的自己，覺得謊言蔓延的這個世界愚蠢可笑。只有不說謊的母親、不說謊的川端，是這汙穢世界中的唯一可信者。但是……

「在和妳相處的過程中，我開始覺得謊言也不是什麼壞東西。」

雖然是單純到可笑的事情，和佐倉共處的時光相當舒適。

隨著對佐倉產生好感，我對謊言的厭惡感也漸漸淡薄了。

「所以啊，我覺得用謊言保護川端，也不是什麼壞事。如果川端是無法接受真相的軟弱女生，我大概不會告訴她真相。」

雖然不公平，總比毀了她要好。

「喔～～」

佐倉不開心回應，朝剩下的蛋糕一口咬下，嘴巴旁沾上一圈茶色也不在意，大口大口吃光蛋糕。

「真的好好吃喔。遠藤，你可以去當甜點師耶。」

吞下最後一口後，佐倉相當佩服地說道。

「……我講得這麼熱烈，也再有點……什麼表現吧？」

「不管你怎麼說，我還是覺得說謊不好。」

佐倉明確回應邊嘆氣邊說話的我。

母親不討厭謊言。

川端也相同。

但是，沒想到偏偏是騙子的佐倉對我說出這種話啊——

「騙子最討厭的事情啊，就是在撒了許多的謊言之中，連自己真正的心情也搞不清楚了。我早已經不知道，哪個自己是真正的我了。」

佐倉自嘲地說完後，看著沙沙搖晃的帶葉櫻花。

日光穿過鮮嫩翠綠的新葉之間，做出幾何模樣。隨著樹葉搖擺，影子也變成了美麗的形狀。

旁邊的雜草長得更高，完全遮掩住坐在地上的我們，彷彿孩提時代做的秘密基地。

明明是個超寬敞的地點，卻給人在密室裡獨處的錯覺，感覺心跳加速。

「我、知道喔。」

「欸？」

「我可以看穿謊言，知道佐倉的話是不是真心話。所以，如果妳自己搞不清楚了……就來問我吧。」

佐倉露出驚訝表情後，靜靜看著我的臉一段時間，小聲說：

「……那麼，就拜託你吧。」

她稍微遲疑後，不自在地別開眼：

「——遠藤你啊，」

什麼？我？

「我最討厭你了！」

佐倉氣勢十足地說完後，偷偷看我一眼。

從下往上瞪著我的她，雙頰染得通紅。

佐倉這句話，是謊言。

後記

大家好。我是三田千惠。

這次非常感謝大家購買這本《她的L》！

本書的主題是謊言。主角遠藤，擁有分辨謊言的力量。

我以前曾想過「好想要遠藤這種力量啊」。

說到為什麼……很丟臉，因為我有過好幾次，照實接收場面話與玩笑話而失敗的經驗。

舉例來說，服飾店店員誇讚我「很漂亮，非常適合您呢！」時。我得意洋洋買下衣服，穿給家人或朋友看之後，就會收到「好拙」的過分評價。聽到他們說「那還用說，一定是講場面話啊」、「妳都試穿了，為什麼沒發現啊？」我才會發現「啊，原來那是場面話啊」。

小時候，也曾經有過這樣的經驗：因為相信朋友在馬拉松大賽中對我說「一起跑到最後吧」，沒想到才一鳴槍，他就狂衝出去將我超越，讓我傻眼地想著「原來他是在開玩笑的啊」。

但實際上，要真的知道是謊言，應該也有許多的辛苦之處才是⋯⋯

如此這般東想西想之後，就創造出遠藤這個角色。

除了能看穿謊言這點之外，他是個很普通的男生，所以沒有什麼華麗的行動，但他為了拯救女主角而費盡千辛萬苦努力的模樣，希望大家都能看得開心。

接著，在此致上謝辭。

本書出版過程中，受到非常多人的協助。

責任編輯G，從企劃到寫作，各種大小事務都承蒙您的關照了。

繪製插畫的しぐれうい老師，感謝您繪製漂亮的插畫。女主角們太可愛了，第一次收到草圖時，我都忍不住嫉妒了。我現在可是しぐれうい老師的鐵粉呢。

編輯部的大家、校閱人員、設計師，以及參與本作品製作的所有人員，請讓我致上衷心謝意。

最後，閱讀本書的各位讀者，真的、真的非常感謝大家。只要在大家心裡留下一點痕跡，就是我至高無上的幸福。

※能擔任本書的繪畫好幸福！謝謝大家！

國家圖書館出版品預行編目資料

她的L～騙子們的攻防戰 / 三田千惠著；林于栫譯.
-- 初版. -- 臺北市：皇冠, 2020.4　面；公分. -- (皇冠叢書；第4833種)(YA!；58)
譯自：彼女のL～嘘つきたちの攻防戦～

ISBN 978-957-33-3520-7 (平裝)

861.57　　109002027

皇冠叢書第4833種
YA！058

她的L ～騙子們的攻防戰～

彼女のL～嘘つきたちの攻防戦～

作　　者—三田千惠
譯　　者—林于栫
發 行 人—平　雲
出版發行—皇冠文化出版有限公司
台北市敦化北路120巷50號
電話◎02-27168888
郵撥帳號◎15261516號
皇冠出版社(香港)有限公司
香港銅鑼灣道180號百樂商業中心
19字樓1903室
電話◎2529-1778　傳真◎2527-0904
總 編 輯—許婷婷
責任編輯—蔡維鋼
美術設計—王瓊瑤
著作完成日期—2018年
初版一刷日期—2020年4月
初版二刷日期—2023年11月
法律顧問—王惠光律師

讀者服務傳真專線◎02-27150507
電腦編號◎515058
ISBN◎978-957-33-3520-7
Printed in Taiwan
本書定價◎新台幣特價299元/港幣100元